Czirpan
Vom Ruf der Wildnis

Der Weg zurück

Hagen Mätzig

Der Weg zurück

Bibliografische Information der Deutschen Nationalbibliothek
Information der Deutschen Nationalbibliothek Die Deutsche Nationalbibliothek verzeichnet diese Publikation in der Deutschen Nationalbibliografie; detaillierte bibliografische Daten sind im Internet über dnb.de. abrufbar.

©2008 Hagen MätzigUmschlagdesign,

Herstellung und Verlag: Books on Demand, Norderstedt

ISBN: 9783748100225

Inhaltsverzeichnis

Anhang:

1. Das Licht der Erde

Die sanfte, anschmiegsame und gleichzeitig etwas raue Zunge der Mutter fuhr ihm über das Gesicht, den Hals und Körper bis zum Steiß hinunter.
Es war das schönste Gefühl, was er in seinem kurzen Leben kennen gelernt hatte.
Lange konnte er sich diesen Genüssen aber nicht hingeben, denn es war höchste Zeit, an Mamas Zapfstelle zu kommen und seine anderen 5 Geschwister waren alles andere als zimperlich, wenn es ums Fressen ging, obgleich sie alle noch blind, zahnlos und kleine Milchmäuler waren.
Da waren Kastor und Bogdan die Jungen, sowie Rosalia, Czandra und Jana die Mädchen.
Es war das schönste Gefühl seines jungen Lebens. Die raue und gleichzeitig so

weiche und anschmiegsame Zunge von Mutter Maja glitt über seinen Kopf hinüber bis zum Sterz und erzeugte ein wohliges Gefühl des Glückes und der Geborgenheit.

Die Namen hatten sie alle von einer korpulenten Menschenfrau bekommen, die die Chefin vom Bau war und weil der Bau adlig war, bekamen sie alle diesen Adelsnamen „Vom Ruf der Wildnis". Da die Frau die Chefin vom Rudel war, musste sie regelmäßig für Futter sorgen. Aber in erster Linie für Mutter Maja, Tante Ronja und Vater Czepan.

Ansonsten war jedes Rudelteil für sich abgetrennt in einer Box des scheunenartigen Anbaues. Mutter erzählte, das müsse so sein, da Vater kein Umgang für so kleine Würmer wie uns wäre. Es gab auch noch zwei ältere Fähen, die im Haushalt der Menschen lebten.

So vergingen die Tage mit Dösen und Nuckeln. Maja erzählte ihren Kleinen viele Geschichten über ihre Urgroßeltern, von der wunderschönen Deutschen Schäferhündin Jadwiga und dem tollkühnen Beskidenwolf Stenek, die die Wurzeln des Stammbaums der Tschechoslowakischen Wolfshunde bildeten und und wie sie lange treu dem Menschen gedient hätten.

So war in den Träumen eines Jeden von ihnen, obwohl ihnen gerade erst die Augen aufgegangen waren, die Heimkehr zu seinen Wurzeln.

Czirpan träumte dann von wilden Jagden über Stock und Stein, durch verschneite Wälder und sumpfige Landschaften an der Seite seiner Vorfahren. Eines Nachts, Czirpan war kurz zu sich gekommen, hörte er nicht weit entfernt ein grausiges Heulen.
Er fragte Maya, was das wohl sei. Sie antwortete ihm, es sei Vater, der den „Ruf der Wildnis" übe, den aber nur erwachsene Wölfe erlernen, weil er einen besonders großen hinteren Rachenteil benötige. Er bedeute soviel wie, hier ist ein Rudelteil, oder folgt mir zur Jagd.
Czirpan war stolz, diese Neuigkeit als Erster den Anderen mitteilen zu können, behielt sie aber für sich und dachte, es könnte ihm einmal nützlich sein.
Sie hatten vorerst auch alle vollauf mit sich selbst zu tun.
Kaum hatten sie die Augen geöffnet und waren wie erschlagen von den ersten wahrnehmbaren Bildern, hatten sie auch schon die ersten tapsigen Schritte ins Erdenleben zu üben.

Da die Box nicht allzu geräumig war und da
alle Sechs krabbeln lernten, stolperten sie
sehr viel übereinander und über Mutter
Maya.

2. Der frische Wind

Es kam der Tag, wo Maja das erste Mal ihre
Jungen voller Stolz, nach all den   Tagen
im Bau durch das große Tor hinaus führte
um sie Czepan, der sich hinter einem mit
Gittern abgeteilten Auslauf mit Ronja
befand, zu zeigen.
Es war ein fast schon beängstigender
frischer Wind, der sie empfing.
Sie benötigten einige Zeit um zu verstehen,
dass er ihnen nichts anhaben   konnte
und im Gegenteil bei ihrem dichten
Pelzmantel eine willkommene Erfrischung
war. Sie schlugen auf der Wiese
Purzelbäume. Czirpan jagte hinter Jana her
und sie hinter ihm. Als er gerade dabei war
sie zu überholen, ragte plötzlich ein
Maulwurfshaufen vor ihm in die Höhe.
Nicht nur, dass seine Nase eine anständige
Portion Erde abbekam, machte er auch noch
einen Salto. Jana half ihm zwar eifrig bei
den Reinigungsarbeiten, aber auch zu zweit
war kein richtiger Erfolg auszumachen.

Kleine Ameisen zwangen Beide zu einer tüchtigen Niesattacke, worauf sie sich   vor Lachen nicht mehr halten konnten. Jana wurde richtig grimmig und fuhr Czirpan an: „Kläff* mich nicht an".

Wenn Maya die kleine Bande nicht gerufen hätte, wäre es nach dem Willen der Kleinen noch ewig so weitergegangen. Czepan ließ noch ein wohlwollendes Knurren hören, bevor sie endgültig wieder in die warme Box mussten. Es sah mehr wie eine sich vorwärts bewegende kleine lahme Schlange aus, denn obwohl sie sich Mühe gaben, war an ein zielstrebiges Laufen bei weitem noch nicht zu denken. Den Letzten trug Maya schließlich noch in die Box, was ihrem Stolz aber keinerlei Abbruch tat.

3. Menschenlotto

Es war ein Tag wie jeder andere, sollte aber entscheidend für ihre Zukunft sein.

Mutter Maja war plötzlich ganz still geworden und legte sich schützend vor ihre Kleinen. Czirpan lag wie schon so oft eng an Jana geschmiegt. Was hatte diese angespannte Ruhe, auch der Anderen, nur zu bedeuten? Ruckartig kam Bewegung in den

Bau. Die Tür ging quietschend auf und die Chefin mit einem Rudel fremder Menschen kam herein. Sie drängten sich neugierig um Majas Box. Es blitzte in einem fort. Dann hielt die Chefin einen nach dem anderen von

ihnen in die Luft, nannte ihre Namen und gab sie einem Menschenpaar. Dann ging das Blitzen erst richtig los. Wie sie später erfahren sollten, waren es ihre neuen Menschenchefs und es war ratsam, sich von der besten Seite zu zeigen. So nebenbei bekamen sie mit, dass Fähen teurer waren als Rüden. Als Alle gegangen waren und endlich wieder Ruhe einkehrte, gingen die Sticheleien so richtig los. In die Breite Pinkeln mit Hinsetzen, ist wohl mehr wert als Beinheben und der gleichen Worte flogen hin und her. Dafür antworteten die Mädchen: Nur wenn man auf zwei Beinen stehen kann und das Dritte heben, ist man eben noch keine Attraktion.
So richtig wohl war Czirpan bei dem Gedanken an seine neuen Chefs aber nicht. Sie waren sehr groß und schienen auch kräftig. Es würde ein harter Kampf um die Rangordnung werden. So dauerte es geraume Zeit, bis wieder Ruhe einkehrte.
Czirpan und Jana steckten die Nasen ineinander und träumten von neuen Abenteuern und Heldentaten. Wenigstens an

ihnen war der Streit unbeachtet
vorbeigegangen.

4. Der Kampf gegen
Würmer und Chips

Mutter sagte, heute wäre ein schlechter Tag,
denn wir würden das erste Mal die Weißröcke
kennenlernen. Sie hätten allerhand blöde
Spielchen auf Lager, könnten einem bei
inneren und äußeren Wunden aber prima
helfen. Also wurden sie alle 6 in kleine
Käfige gepackt und im Auto verstaut.
Mutter Maya durfte sich zur Beruhigung
neben sie legen. Das war auch bitter nötig,
denn kaum war das Auto losgefahren, wurde
den Ersten auch schon schlecht und sie
übergaben sich. Czirpan spürte einen
stechenden Gestank und musste sich erst mal
bei Jana beschweren. Die konnte ihm nicht
gleich antworten, weil sie die Luft anhielt.
Nach etwa einer viertel Stunde waren sie da
und die Heckklappe des Autos wurde
geöffnet. Ohne viel Federlesen wurden sie
herausgenommen und in einem gefliesten
Raum untergebracht. Als erstes wurde Maya
hinausgeführt. Alle Anderen waren natürlich
äußerst neugierig, was da passierte, noch
dazu, wo sie ein kurzes Aufjaulen von Maya
hörten. Es sollte aber nicht lang dauern, und

sie wussten, was passierte. Einer nach dem Anderen wurde hinausgetragen, Man sperrte ihnen das Maul auf und spritzte eine teuflisch schmeckende Flüssigkeit in ihren Schlund. Nicht, dass das genug gewesen wäre, bekamen sie noch ein Loch mit einem sehr stumpfen Gegenstand durch ihren Kragepelz unter die Nackenhaut und sie merkten anschließend, wie eine Art Kapsel zurückblieb. Maya erzählte ihnen später einmal, dass die Menschen daran ihren Namen und andere Sachen erkennen könnten und diese furchtbar schmeckende Flüssigkeit gegen die Würmer zu ihrer Verdauung waren. Zum Höhepunkt gab es noch eine ordentliche Impfung gegen alles Mögliche. Also ging es zurück in das Auto, nur, dass der Fahrer, der Mann von der Chefin, mächtig vor sich her schimpfte.

Der ganze Innenraum stank aber wirklich noch unaushaltbar. Plötzlich warf er alle Boxen aus dem Auto. Nur Maya verblieb noch drin.

In dem ganzen Chaos war an Czirpans Box die Tür aufgesprungen und Czirpan war 1,2,3 im Freien. Indem er Janas Box umkippte, sprang auch deren Tür auf und Beide hüpften so schnell sie konnten ins angrenzende Waldstück.

5. Allein im Wald

So richtig kamen sie aber nicht voran. Erst mussten sie sich ducken, bis sie sicher sein konnten, dass das Auto wirklich weg war. Dann kamen unsere beiden Wollknäuel auch nicht voran, weil Preiselbeerbüsche, die fast so hoch waren wie sie selbst, den Weg versperrten. Als sie sich endlich ein paar Meter durchgearbeitet hatten, hörte Czirpan ein Winseln und Jaulen ganz in seiner Nähe. Er schlug sich ein Stück in diese Richtung durch. Dann konnte er ganz klar Janas Stimme vernehmen, die ihn bat, ihr aus dem Loch zu helfen. Mit jedem Schritt näher, musste er sich ein Lachen umso mehr verkneifen. Jana war in das Eingangsloch eines Fuchsbaues gefallen und wurde von zwei Fuchswelpen angemacht. Durch Czirpans Kopf schoss nur ein Gedanke. "Nichts wie weg", so sehr Jana die zwei quäkenden Jungfüchse auch gefielen.". Zu einer Begegnung mit einer Füchsin, wollte er es, trotz seines schon enormen Mutes, beim besten Willen nicht kommen lassen. Deshalb kniepte er Jana ins Ohr, damit sie ihm endlich mal zuhöre. Beide scharrten noch einmal im Sand und gaben dann Leine. Gerade noch rechtzeitig, denn als sie sich duckten, sahen sie auch schon die Fuchsfähe kommen.

Das war gerade noch mal gut gegangen. Jetzt hieß es aber vorwärtskommen, denn der Magen knurrte und es drohte die Finsternis. Sie kamen auf eine nur mit niedrigem Heidekraut bewachsene Lichtung, wo man im Umkreis zumindest eine drohende Gefahr, und die war für zwei solch kleine Fellbündel wie sie reichlich vorhanden, rechtzeitig erkennen konnte.

So kuschelten sich beide eng aneinander, in der Hoffnung ihre Angst und den Hunger zu vergessen und ehe sie sich versahen, hatte sie der Schlaf übermannt.

Was war das?

Irgendjemand warf mit Steinen nach ihnen und ein anderer schrie aus vollem Halse die ganze Umgebung zusammen. Czirpan war sofort auf den Beinen. Denen würde er es schon zeigen. Als erstes war sofort ein Eichhörnchen als Steinewerfer ausgemacht, doch mehr als sich an dem Baum auf den Hinterpfoten hochzustellen, war da beim besten Willen nicht zu machen. So sahen sie ein, dass es das beste wäre diesen Gegner ganz einfach zu ignorieren. Bei dem Zweiten, einem großmäuligen Eichelhäher war auch nicht mehr auszurichten. Zumindest konnten ihnen die Zwei nicht körperlich gefährlich werden.

Nach dieser ersten Aufregung machte sich nun der Hunger bemerkbar. Zwar hatten sie die letzten Tage schon einen Brei von Nährstoffpellets erhalten und die ersten kleinen Zähnchen waren gewachsen, aber das war keineswegs vergleichbar mit fester Nahrung, viel weniger wie an diese heranzukommen war. Also versuchten sie es erst einmal auf die einfachste Art und Weise. Sie kratzten mit ihren Pfoten die obere Humusschicht beiseite, in der Hoffnung etwas zu finden. Außer ein paar Ameisen und Käfern konnten sie aber nichts ausfindig machen und in den Magen befördern. Von satt machen war da keine Rede.

Als ein kleines Mäuschen ihren Weg kreuzte, erschraken sie so, dass sie fast rücklings auf ihrem Allerwertesten gelandet wären. Somit musste auch die Aktion Futtersuche als gescheitert angesehen werden und sie beschlossen, solange sie noch bei Kräften waren, einen Heimweg zu suchen.

Wo und in welcher Richtung sollten sie aber suchen? Egal welchen Weg sie auch nahmen, überall war hohes Heidelbeerkraut und dank des Eichelhähers wusste der ganze Wald auch ständig wo sie waren. Wie es der Zufall wollte, fanden sie einen schönen großen Pilz ohne zu wissen ob er giftig war. Czirpan entschied, dass er davon koste und wenn er nicht sterbe, könnte Jana ja die andere Hälfte fressen. So wurde es gemacht.

Zwar nicht satt, aber mit beruhigten Nerven gingen sie weiter ihren Weg. Leicht gesagt, aber wenn man in Richtung der Sonne ging konnte es nicht all zu verkehrt sein. Die nächste Überraschung wartete jedoch schon auf sie. Jana trat auf die Zweige einer heruntergebogenen Tanne und schoss wie eine Katapultkugel quer durch die Bäume des Waldes, bis sie, wie eine Fliege an der nassen Fensterscheibe, an einem Baum hängen blieb und hinunterglitt.

Sie hatte nicht mal Zeit einen Hilfeschrei auszustoßen. Czirpan lief so schnell er konnte zu ihr, um zu sehen, ob sie noch heil geblieben war und um sie zu trösten. Es war aber so wie auch bei den Menschen. Kleine Kinder haben meistens Glück und so hatte Jana außer ein paar Schrammen an den Vorderläufen von den Festhalteversuchen am Baum und fehlenden Fellbüscheln alles ganz gut überstanden. Es kam nur: „Glotz und Kläff mich nicht an".

Jetzt hieß es, wohl oder übel, sich auf eine weitere Nacht im Wald vorzubereiten. Als sie gerade ein weiches Mooseckchen für sich ausgesucht hatten, kam gegen die untergehende Sonne ein großer Schatten auf sie zu.

Czirpan dachte schon an einen großen Raubvogel, als ein Reh seine neugierige Nase zu ihnen hinabsenkte. Beide fassten sich ein Herz, setzten sich aufrecht hin und knurrten wie noch nie in ihrem jungen Leben. Bei Czirpan kam sogar ein kleines „Wuff" heraus. Über soviel Dreistigkeit war selbst das Reh erstaunt und suchte das Weite. Beide schauten sich verwundert an ob ihrer ersten großen Tat im Leben.

6. Hilfe naht

Sie hatten sich gerade niedergelegt, als ein mächtiges Heulen den Wald erschütterte und unter den Tieren eine allgemeine Flucht einsetzte.

Jana fragte ängstlich was das wohl sei.

Czirpan erinnerte sich an die Nacht von damals und antwortete ihr, dass es nur Vater Czepan oder Mutter Maya sein könnten die sie suchten.

Czirpan nahm allen Mut zusammen und versuchte dem Ruf der Wildnis zu antworten. Mehr als ein deprimierendes Gequäke kam aber nicht heraus. Nachdem er Jana in den Sinn und Zweck dieses Rufes eingeweiht hatte, gingen beide in dessen Richtung weiter. Plötzlich geriet Bewegung in den Wald.

Ein fliehender Hase hätte sie fast umgerannt und eine Elster hob vor ihnen ab in Richtung ihres Horstes. Nun merkten sie ganz deutlich, dass die Quelle der Aufregung immer näherkam und dann hörten sie es mit einem mal.

Es war Mutter Maya die sie rief. Sie antworteten kleinlaut. Da war auch schon die Chefin, die Maya lobte und Czirpan und Jana hochnahm, bevor Maya und Czepan sie am Genick fassen konnten. Den Chef hatten sie auch mitgebracht und dem wurde jetzt Jana übergeben. Mit einem nicht ganz jugendfreien Fluch und wütenden Drohungen der Chefin zu ihrem Mann ging es in Richtung des Waldweges, wo das Auto parkte. Als alle verstaut waren ging es im Eiltempo nach Hause. Alle waren froh, als sie zusammen mit Mutter Maya wieder in ihrer Box ihren Träumen nachgehen konnten.

Czirpan und Jana träumten natürlich von ihren ersten großen Heldentaten. Nach frischer Wurmkur und geschippt waren sie bereit, ihren Weg in die Welt anzutreten.

7. Gemeinsamer Ausgang

Es war ein wunderschöner Herbsttag. Nachmittags bekamen Maya, Ronja und Czepan plötzlich eine Kette um den Hals gelegt an der eine Leine baumelte. Chef und Chefin nahmen diese Leinen und führten die Drei ins Freie. Nach unmissverständlicher Aufforderung folgten Ihnen die 5 Junghunde. (Wölfe/Welpen). Das Quintett kam nur äußerst langsam voran, denn jedes Mal, wenn mal etwas Schwung in die Bande kam, verschwand ein Junges fast vollständig in einem der Löcher des Waldweges den sie gingen und ehe Maya es am Kragen gepackt und nach vorn gebracht hatte, dauerte es schon seine Zeit. So war es nicht verwunderlich, dass alsbald die Abenddämmerung einsetzte und Czepan alle zum Zusammenbleiben aufforderte.

Neben dem Feld-Hohlweg ging es steil bergab über einen mit Bäumen bestandenen Hang zu einem Fluss, welcher, wie sie später erfuhren, die Mosel war. Czirpan war bemüht an der Spitze neben Czepan zu laufen und da das nicht gelang zumindest die Spitze der gesprengten Rasselbande zu bilden.

Czepan war das nicht entgangen und so ging er einen Schritt langsamer, um sich mit Czirpan zu unterhalten. Er wies ihn in die ersten Regeln der Bildung, Einhaltung und

Verteidigung einer Rangordnung ein. Ruckartig war damit Schluss. Die Finsternis war endgültig hereingebrochen. Aus dem Dunkel leuchteten von weitem zwei türkisfarbene Augenpaare. Czepan, Maya und Ronja machten, als wäre es abgesprochen, einen mächtigen Satz nach vorn, Chef und Chefin flogen in hohem Bogen auf die Nase und hatten alle Hände voll zu tun, um wenigstens die kleine Rasselbande unter Kontrolle zu behalten. An den Geräuschen, welche durch die Nacht noch verstärkt wurden, konnte man erahnen, dass vorn ein heftiger Kampf tobte.

Es kam Czirpan wie eine Ewigkeit vor bis aus dem Dunkel zwei bernsteinfarbene Augen, die Mutter Maya gehörten, auftauchten. Sie war völlig außer Atem, ihr Fell zerfetzt und am Hals lief eine Blutspur herunter. Sie erzählte, dass zwei Huskys, Wildhunde der Eis- und Schneegebiete, sie zum Kampf gezwungen hätten.

Jetzt, da der Kampf zu unseren Gunsten entschieden war, hatte Czepan sie zurückgeschickt, um nach den Kleinen zu schauen. Da hörte man auch schon Czepans Siegesruf. Schimpfend über die Leine, die immer noch an ihm herabhing, kam er schwer gezeichnet, aber mit stolzgeschwellter Brust zurück. Auf die anerkennenden Worte seines Rudels brauchte er nicht lange zu warten.

Selbst hier konnte es sich Jana nicht verkneifen Czirpan anzugehen: "kläff mich nicht an". Dabei hatten gerade die Jungfähen hinter ihrem großen Bruder (wenn auch nur 1,5 Stunden älter) Schutz gesucht.

8. Trennungsschmerz

Die ganze Bande hatte schon ein paar Tage gebraucht, um die aufregenden Ereignisse zu verarbeiten. Doch schon machten neue schlechte Gerüchte die Runde.
Maya erzählte ihren Jungen das nun der Zeitpunkt näher rückte, wo es galt Abschied zu nehmen. Ein Jeder müsste allein auf sich gestellt die Welt erkunden und erwachsen werden. Die Kleinen fragten sich, wie das wohl gehen könnte, so ganz ohne Schutz und Lehrmeister. Sie konnten und wollten sich nicht vor-
stellen, dass das Leben sie lehren sollte.
Von der Chefin wurde einer nach dem anderen noch mal vorgenommen und ordentlich gestriegelt. Den Rest musste Maya mit ihrer fantastischen Zunge machen.
Czepan versuchte über die Boxen hinweg, nicht ohne Unterbrechung durch Maya und Ronja, den jungen Rüden noch einige wertvolle Ratschläge mit auf den Weg zu geben.

Die Fähen fanden das gar nicht gut. Sie hatten schließlich auch genügend Lebenserfahrung zu übermitteln. Das Ganze hatte ein Ende, als die ersten Töne von in den Hof einfahrenden Autos hörbar wurden. Jetzt kam richtig Bewegung in das Gehöft. Die erwachsenen Hunde fingen an zu jaulen und die Kleinen winselten dazu. Namen wurden über den Hof gerufen. Die Chefin kam herein und griff sich das erste Kleine. Sie hatte bei den Mädchen angefangen und Czirpan musste sich beeilen, um Jana noch ein kurzes Lebewohl zuzurufen. Was kam aber zurück? : "Kläff mich nicht an". Ob er wohl Jana jemals wieder sehen würde? Jetzt war aber keine Zeit, um trüben Gedanken nachzuhängen. Da keines seiner Geschwister mehr da war, liebkoste Maya ihren Jungen noch einmal mit ihrer Zunge und glättete sein zerzaustes Fell. Da kam die Chefin auch schon wieder und es hieß endgültig Abschied nehmen. Maya jaulte betrübt und suchte ihre Jungen, die nun ein für alle Mal nicht mehr zurückkehrten.

9. Neue Herren / neues Zuhause

Czirpan wurde von seiner neuen Herrin in einen gut ausgepolsterten Wäschekorb gelegt und schon begann eine in seinen Vorstellungen unendlich lange Reise. Es muss dabei gesagt werden, dass viele Hunde zwar gern Auto fahren, aber wenn möglich nur kürzere Strecken. So ging es auch Czirpan.

Als sie nach geraumer Zeit das erste Mal zum stehen kamen und er kurz an die frische Luft durfte war es, als hätte man eine Schlinge von seinem Hals genommen. Die Pause war aber leider nur kurz und schon ging es weiter. Durch das eintönige Motoren- und Fahrgeräusch war Czirpan doch recht schnell endgültig eingeschlafen.Nach zwei weiteren Pausen und vielen Kilometern waren sie endlich angekommen. In der Dunkelheit begrüßten sie eine ältere Frau, welche die Oma des Hauses war und ein kleiner Junge der, wie es sich später herausstellte, Nico hieß. Czirpan kam zunächst in ein Körbchen in einer warmen Stube. Das war so gar nicht nach seinem Geschmack. Kaum war das Licht aus, meldete sich ein natürliches Bedürfnis und da er nicht wusste wohin, nahm er Abstand vom Körbchen und hob das Bein. Irgendwie musste es ihm doch gelingen aus diesem Steingefängnis herauszukommen. So sehr er sich auch streckte und mit seinen Krallen arbeitete, er hatte immer nur Papierfetzen und Mörtelstaub im Gesicht. Beim Einsetzen des Morgengrauens entschloss er sich, doch mal ein paar Minuten zu schlafen um für die Strapazen des neuen Tages gerüstet zu sein. Diese sollten auch schon alsbald beginnen, denn als der

Hausherr das Zimmer betrat, blieb dieser wie vom Schlag getroffen stehen. Mitten in der Stube eine Pfütze, die Kissen und Decken im Körbchen zerrissen und verstreut und die Tapete hing an vielen Stellen nur noch in Streifen an der Wand. Der Herr nahm ihn am Genick und drückte ihn mit der Nase in seine Urinpfütze. Das war alles andere als lustig und bei Czirpan gab es einen AHA-Effekt der schließlich auch beabsichtigt war. Manche Leute sagen auch, er war auf einem guten Weg, stubenrein zu werden. Der Rest des Tages war schon eher nach Czirpans Geschmack. Er turnte und tobte mit Nico im Garten herum, wobei er keine Gelegenheit ausließ, Nico zu zeigen, dass er in seiner Rangordnung über ihm stand. Nico interessierte das zwar wenig, aber es gefiel ihm überhaupt nicht, von Czirpan umgerannt zu werden. Wenn Czirpan es zu toll trieb, schritten Herr und Herrin ein und mit denen durfte er es sich nun wirklich nicht verscherzen.

Ansonsten wuchs und gedieh er prächtig und wenn er staksig über den Hof lief, konnte man sich schon mal die Ansätze eines stolzen Rüden vorstellen. Umso schneller kam er ins Rüpelalter.

Nach dem Fiasko mit der Nacht in der Wohnung, hatte man ihn für den unbeaufsichtigten Zeitraum im Zwinger einquartiert. Es war ihm wesentlich lieber so, wenn man sich die darin befindliche Hütte hätte auch sparen können. Jedenfalls waren die darin befindlichen Decken und das Stroh alsbald wieder draußen. Herr und Herrin hatten nur laufend damit zu tun, dass er seinen durch die Gitterstäbe gesteckten Nischl* auch wieder zurückbekam und sich nicht strangulierte.

Also musste der Hausherr extra zusätzliche Stäbe einschweißen, was auch wieder seine Tücken beinhaltete. Wie sich herausstellte, schlummerten in Czirpan ungeahnte Talente im Klettern. Eines nachts war es ihm zu langweilig und außerdem bewegten sich in nicht allzu weiter Ferne Rehe. Er hörte das Fiepen einer Rehricke nach ihrem Kitz, was in ihm den Beutedrang entfachte. Also sprang er erst einmal am Gitter so hoch wie möglich, um mit den Vorderläufen die obere Kante zu umklammern. Durch die zusätzlich

eingeschweißten Stäbe war es jetzt sogar möglich sich mit den Hinterläufen abzustoßen und schon war er draußen. Als junger Spund, der er war, waren die Rehe schneller weg ehe er auch nur in ihrer Nähe war. So blieb ihm

26

also nur, mit hängender Rute vor dem Zwinger auf das Donnerwetter zu warten. Dieses kam auch baldigst in Form der Herrin, die ihm ein paar ordentliche Ohrfeigen verpasste. Für den Rest des Tages lies er sich vorsichtshalber gar nicht sehen und hielt entgegen seiner Gewohnheit die Hütte okkupiert. Nur einmal kam die Oma, und da sie immer eine Leckerei dabeihatte, war er schnell draußen und ließ sich bemitleiden und kraulen. Das kleine Würstchen war schnell geschluckt und schon vergessen, als sie ging. Als Frauchen mit der Leine kam, gab er sich vorsichtshalber reuevoll. Sie gingen die altgewohnte Strecke, vorbei an Nachbars streitsüchtiger Hündin, die er nur von oben herab verächtlich anschaute. In der Mitte der Strecke machten sie regelmäßig Rast auf einem Hof mit Andra, einer Deutsch–Drahthaarhündin, mit der er sich vom ersten Augenblick an prima verstand. Sie teilte mit ihm auch gleich mal ihr Fressen und da ihr Herr Jäger war, gab es öfter mal einen verführerisch duftenden Knochen. Außerdem konnte man mit ihr trotz ihres Alters so herrlich ungezwungen herumtollen, oder dem gemeinsamen Feind, den Katzen hinterherjagen. Auch sie hatte eine Oma auf dem Hof und bei der gab es für Czirpan immer eine Kleinigkeit zu holen. So kam es, dass Czirpan den Weg dahin auch blind gefunden hätte. Nur den einen kleinen Kläffer auf dem Rückweg hätte er zu gern mal zwischen die Zähne bekommen. Zum Glück für den Mischlingszwerg war aber ein stabiler Zaun dazwischen und Czirpan an der Leine machtlos. So, schweren Atem vortäuschend, kamen sie wieder zu Hause an und es war meistens Zeit für seine tägliche Futterration aus gepressten Nährstoffpellets, in Wasser angefeuchtet.

Wenn die Herrin einen guten Tag erwischt hatte brachte sie ihm aus dem Laden, wo sie als Fleischereiverkäuferin arbeitete, einen Pansen oder mal eine andere tierische Delikatesse mit. Es wurde schon sehr auf seine sportliche Figur geachtet. Damit fing die Erziehung aber erst an. Bei seinem Herrn musste er lernen, neben dem Fahrrad zu laufen, ohne ihn vom Sattel zu holen. Leider passierte es die erste paar Male doch, da die beiden Schäferhündinnen in der Nachbarschaft ihn bis aufs Blut reizten. Die anschließenden Hiebe machten ihn aber gescheiter. Nur wenn auf der Straße unweit seines Zwingers die Huskies oder Bernersennenhunde ausgeführt wurden, hätte er fast die Gitterstäbe zerbeißen und sich selbst in der Luft zerreißen können. Dann hatten sich die Menschen noch eine andere Freizeitbeschäftigung einfallen lassen. Einen Hundezirkus (sie nannte es Abrichten)

Schnell hatte er sich ein paar spezielle
Freunde geschaffen, mit denen er seine Kräfte
messen konnte und vor den Damen angeben.
Es war nicht zu übersehen, dass er langsam,
aber sicher, in die Rüpeljahre kam. Mitunter
fiel es seinem Herrn sichtlich schwer, ihn bei
der Stange zu halten,"Sitz","Platz „und „Bei
Fuß" waren nun einmal nichts für einen
Hund, in dem das Wildtier schlummerte und
für den andere Hunde, egal welcher Rasse,
angeborene Gegner waren. Nach diesen
Strapazen kam in der Regel der angenehme
Teil des Ausfluges. Befreit von der Leine
ging es am Neiße-Ufer entlang, wenn
Herrchen mit dem Fahrrad auch etwas
langsam war und stets aufpassen musste, dass
er nicht durch einen plötzlichen Ruck an der
Leine vom Fahrrad geholt wurde. Das änderte
sich bald, indem die Ausflüge mit dem Auto
stattfanden und das war schon etwas Anderes.
Jetzt musste er nur aufpassen, dass er bei
seinen Bade-bzw. Planschanfällen nicht den
Anschluss verpasste. Das Gleiche galt, wenn
er einem Reh hinterherjagen musste.
Nach einiger Zeit hatte er auch eingesehen,
dass die Rehe oder Hasen fast immer besser
als er waren und die Bedeutung des Rudels in
ihm reifte. Zuhause hatte sich auch einiges
geändert. In unmittelbarer Nachbarschaft
hatte ein Schäferhundrüde Einzug gehalten.
Wenn Frauchen allein war, durfte er

regelmäßig ins Haus, wobei sein Lieblingsplatz der Flur mit seinen herrlich kühlen Fliesen war. Eines hatte er zähneknirschend hingenommen. Nico kam bei Allem vor ihm und durfte ihn sogar rumkommandieren, was seine übergeordnete Rangordnung darstellte. Mit dem Zwinger hatte sich Herrchen etwas ganz Besonderes einfallen lassen. Damit Czirpans Ausflüge ein Ende hatten, wurden Bretter als oberer Zwingerabschluß angebracht. Diese hatten nur einen Nachteil, bzw. für ihn als Vorteil. Da nicht genügend da waren, wurden sie auf Lücke befestigt. Czirpan hatte sich das ganze Treiben seelenruhig angeschaut und schon war ein Plan in ihm gereift. Mit den Gittern und so klappte es freilich nicht mehr so richtig, aber aus welchem Grund auch immer, war die Bretterlücke am Rand besonders groß. Mit Einzug der Nacht ging Czirpan an die Vollendung seines Planes. Er stellte sich genau unter diesen Spalt und dank seiner Schnellkraft, flog sein Körper senkrecht in die Höhe. Seine kräftigen Zähne bohrten sich in das Holzbrett und hielten ihn fest. Gleichzeitig schwank er seine Vorderläufe über das Brett und zog den restlichen Körper hinterher. Nun stand er auf dem Zwinger und hörte in der Ferne altbekannte Laute. Mit einem mächtigen Satz war er unten und auf dem Weg in das Dorf. Das Gehöft der

Bernersennenhunde ließ er unbeachtet links liegen. Da, wo die Laute herkamen, war er schnell auf dem Grundstück und stand vor einem Zwinger mit Huskys. Seine Gedanken flogen zurück zum Kampf mit Czepan, Mutter Maya und Tante Ronja. Heute hatte er aber nur Spott und Hohn für sie übrig, ob ihrer Gefangenschaft und seiner Freiheit. So machte er kehrt und beschloss, den Rückweg diesmal nicht entlang der Straße, sondern hinter den Gehöften zu wählen. So zog er los, vom wütenden Gebell der Huskies verfolgt. Aus der nahen Neißeaue waren die Stimmen allerlei Wassergetiers zu vernehmen.

Plötzlich huschte etwas Dunkles an ihm vorüber und noch ehe es im Gebüsch verschwinden konnte, hatte Czirpan instinktiv zugefasst. Zwischen seinen Kiefern wand sich ein Katzenkörper und verlor rasch viel Blut. Czirpan war wegen seines Erfolges überrascht. Gleichsam wusste er momentan mit seiner Beute nichts Richtiges anzufangen. Nachdem er den Kopf fein säuberlich mit einem Biss abgetrennt hatte, blieben erst mal überall nur Katzenhaare hängen. So brauchte er schon fast eine halbe Stunde, bevor er den Rest vertilgt hatte und seinen Weg fortsetzte. Er hatte in dieser Nacht sehr viel gelernt und so konnte die zu erwartende Schelte zuhause nicht mehr allzu schwer ertragbar werden. Wie schon vermutet, war Frauchen bereits drauf und dran zur Arbeit zu fahren. Als sie den zerzausten und verschmierten Zigeuner kommen sah, konnte selbst sie sich nicht mehr beherrschen und er bekam die gerade frisch gefüllte Wasserschüssel um die Ohren gehauen. Bei seiner blutverschmierten Schnauze nahm sie natürlich an, er hätte bei Nachbars Hühnern gewildert. Die Wirklichkeit war zwar nicht viel besser, aber genauso wenig erklärbar. So blieb ihm also nur die stille Kapitulation. Mit eingeklemmter Rute schlich er in den Zwinger und setzte seine Unschuldsmiene auf. Nicht mal Oma kam an diesem Tag mit einer Kleinigkeit und das schmerzte mehr als die Schläge. Auch Herrchen hatte nun endgültig die Nase voll von Czirpans Freiheitsdrang und es folgte das Unvermeidbare. Innerhalb kürzester Zeit bekam der Zwinger ein Dach welches so dicht war, dass nicht mal ein Sonnenstrahl den Weg hindurch fand. Bei seinen Ausgängen bekam er ein Stachelhalsband, dessen Stacheln ihn des Öfteren zur Ordnung riefen. Nur gut, dass sein leinenfreier Auslauf nicht reduziert wurde.Selbst da passierten einige Momente aus dem Lehrbuch der Natur. Als sie mit Herrchen einen mit Bäumen bestandenen Berghang durchstreiften, erblickte Czirpan ein Eichhörnchen und erinnerte sich an die Begegnung aus seiner Kindheit. Auch diesmal waren seine Bewegungen wie ein unmittelbarer Reflex. Ein Sprung, ausgefahrene Krallen und schon saß er auf dem Ast des Baumes, auf dem vor kurzem noch das Eichhörnchen saß. Wie aber wieder hinunterkommen? Er konnte alles ertragen, nur nicht eine Person aus den Augen zu verlieren. Wenn es dann auch noch Herrchen oder Frauchen waren, war es eine Katastrophe. Also nahm er allen verbliebenen Mut zusammen und machte einen mächtigen Satz. Der Aufprall auf dem Boden ähnelte mehr einem missglückten Spagat eines Mannes mit abnormalen Schmerzen, aber der dichte Blätterteppich sorgte dafür, dass er ihn ohne größere Blessuren überstand. Gleichzeitig waren diese Blätter aber auch die Vorboten des auf den Herbst folgenden Winters. Dieser nun war Czirpans Zeit, denn bei Schnee und Kälte war er in seinem Element. Nicht nur das. Wo die Menschen, insbesondere Nico Probleme mit der Fortbewegung hatten, war es für ihn der reinste Spaß wie eine Wildsau loszutoben. Es brauchte sicherlich nicht extra erwähnt zu werden, aber so Mancher der ihm in die Quere kam, verlor den Boden unter den Füßen und schob die Schuld nicht mal auf ihn. Es machte auch viel Spaß auf der Rodelbahn hinter den Schlitten herzurutschen. Dieses war also der erste Winter, den er bewusst in vollen Zügen genoss. Auch wenn Frauchen ihn nach wie vor öfters mal mit hineinnahm, so konnte er es kaum erwarten wieder in seinen herrlich kühlen

Zwinger zu kommen. Er hatte sich in dieser Zeit zu einem regelrechten Fresssack entwickelt. Nichts Fressbares war vor ihm sicher. Kekse waren ein Leckerbissen und sogar Äpfel holte er sich aus der Schale auf dem Tisch. Jede Strafe nahm er dafür gern in Kauf. Seine Sprünge an die Dachbretter hatte er aber noch nicht aufgegeben. Allerdings war von diesen außer ein paar Fasern nicht mehr viel übrig. Dafür hatte das darauf liegende dünne Wellblechdach mehrere wie von einem Locher gestanzte Löcher. Bei einer dieser Aktionen hätte er fast mal einen Zahn verloren, als dieser sich nicht gleich aus dem Blech löste. Herrchen und Frauchen wurden für ihn immer mehr zu unverzichtbaren Bezugspersonen. Waren sie weggefahren, so saß er stundenlang an den Gitterstäben, beäugte den sichtbaren Teil der Straße und lauschte nach jedem Motorengeheul, um selbst mit Jaulen anzufangen. Wenn sie länger wegblieben, kümmerte sich meist, neben Oma, ein älterer Junge um ihn, mit dem er sich auch bestens verstand, wäre da nicht immer der Geruch anderer Collie-Hunde an ihm gewesen. So kamen und gingen die nächsten Sommer und Winter. Aus Czirpan wurde ein rebellischer Junghund und es war nicht zu übersehen, auch ein junger kräftiger Rüde. Seine Pranken, die mächtige Halskrause, der Fang, die Risthöhe, Rute und bernsteinfarbenen Augen, hätten selbst seinem Vater Czepan zur Ehre gereicht. Noch etwas ging in ihm vor. Der so genannte Geschlechtstrieb forderte sein Recht. Er ertappte sich selbst dabei, wie er, natürlich unbeabsichtigt, mancher Schäferhündin schöne Augen machte. Einige Sommer und Winter waren vergangen. Czirpan war aus seinen Rüpeljahren herausgekommen und er war ein prächtiger siebenjähriger Rüde geworden. Es war wieder eine dieser sternenklaren eisigkalten Winternächte. Czirpan hatte in seinem Zwinger vor sich hin gedöst. Da glaubte er ganz aus der Ferne einen bekannten Ton gehört zu haben. Er setzte sich hin und sperrte die Ohren so weit wie möglich auf. Da hörte er es wie ein Echo, von vielen Stimmen wiederholt. Es war der „Ruf der Wildnis"!! Erst dachte er nur an einen Traum. Als er aber selbst ansetzte und der erste Ton aus seiner Kehle kam, wusste er, dass es Realität war. Diese Tatsache erfüllte ihn mit Stolz und Freude. Sollte er der Erfüllung all seiner Träume, als Tschechoslowakischer Wolfshund, auf dem Weg zu seinen Vorfahren schon so nah sein? Mit diesem Augenblick war aus dem Hund ein Wolf geworden. In ihm begann ein Kampf der Gefühle, zwischen der gewohnten sicheren menschlichen Umgebung und dem Freiheitsdrang. Schließlich hatte seine Mutter

Maya die Pflicht und den Traum, sich zu den Wurzeln der Rasse durchzuschlagen, tief verinnerlicht. Je länger er darüber nachdachte, umso entschlossener wurde er. Von nun an gab es keinen Weg mehr zurück. Es ging nur noch um den richtigen Zeitpunkt und die ersten Handlungen. Diesbezüglich war er sich vollkommen unklar. In der Richtung der Rufe der Artgenossen lag eine Stadt. Soviel und das er diese umgehen musste, war er sich bewusst. Wie sollte es dann aber weitergehen. Er hatte festgestellt, dass die Sonne aus dieser Richtung fast nie schien, also als Orientierungshilfe ausfiel. Die Grübelei hatte erst bei einem seiner nächsten Freigänge in der Neißeaue ein Ende. Da stellte er fest, dass die Fließrichtung der Neiße genau seiner gesuchten Richtung in die Freiheit entsprach und er fasste den Entschluss, seinen Weg entlang der Neiße zu wählen. Dieser garantierte ihm gleichzeitig, am wenigsten mit der menschlichen Zivilisation in Konflikt zu geraten und ab und zu mal etwas für den Magen zu tun, in Form einer Ente oder ähnlichem Wassergetier.

So gab er sich die nächsten Tage noch einmal brav und folgsam. Die Trennung fiel ihm schon schwer, wenn er an die vielen Streicheleinheiten dachte. Dann war es so weit. Er hatte sich noch einmal richtig sattgefressen an Frauchens mitgebrachten

Leckereien. Herrchen ging mit ihm an diesem
Sonntag, wie gewohnt zum Hundezirkus und
anschließend in die Neißeaue. Dabei sprang
Czirpan wie gehabt hinter einer aufsteigenden
Ente her. Diesmal kam er aber nicht zurück,
sondern legte sich hinter einen dicht
umwachsenen Strauch. Herrchen dachte
natürlich, wenn er keinen mehr sehe, würde er
schon von selbst kommen und fuhr seines
Weges. Jetzt hieß es für Czirpan nur noch
eine Weile ausharren und dann konnte es
losgehen.

10. Der Weg zum Revier

Als ein anderer freilaufender Hund in seine
Nähe kam, sah er seinen Plan schon fast als
gescheitert an. Das Glück war aber auf seiner
Seite. Es handelte sich um eine Hündin und sie
zog alsbald schwanzwedelnd ihres Weges. Nun
lief er los, immer darauf bedacht hinter dem
Schilf und den Büschen die größtmögliche
Deckung auszunutzen. Da wie schon erwähnt
Sonntag war, kreuzten außer einem Angler
auch keine Menschen seinen Weg. Diesen
umging er auch problemlos und war alsbald
auch schon hinter den Ausläufern der

Kleinstadt. Jetzt suchte er sich noch einen Platz, wo er unbemerkt die Nacht verbringen konnte. Diesen fand er auch alsbald an einem kleinen Weiher. Als er schließlich noch einen kleinen sich von einer Rotte Wildschweine entfernten Frischling, reißen konnte, war die Welt für ihn in Ordnung. Bald darauf schlief er tief und fest. Er träumte vom Kampf um die Rangordnung in einem Rudel, so wie es Vater Czepan ihm gelehrt hatte. Am neuen Tag erwachte er früh am Morgen vom Krach eines Traktors, der nicht weit entfernt seine Runden zog. Da er in der letzten Nacht den Ruf nicht gehört hatte, entschloss er sich, erstmal weiter dem Flusslauf zu folgen. Gesagt, getan. Im zügigen Tempo setzte er seinen Weg fort. Bald erschien ein Gebäude mit einer Staustufe vor ihm. Er erinnerte sich, mit Herrchen schon einmal hier gewesen zu sein um jemanden zu besuchen. So wusste er von der Gefährlichkeit der Turbinen und machte einen größeren Bogen um das Haus, allerdings landeinwärts. Jetzt kam er das erste Mal in ein Gebiet mit Morast und Sümpfen, welches ihm anfangs nicht ganz geheuer vorkam. Es sollte sich aber als ein gutes Training für spätere Zeiten herausstellen. So versuchte er besonders leichtfüßig das Gebiet zu überqueren. Als er dabei sogar einmal einen Frosch verschluckte, war ihm dies mehr als peinlich. Er hoffte, dass nie Jemand davon erfahren würde. Wie er so seinen Gedanken nachhing hatte er nicht bemerkt, wie er sich einem kleinen mit Bäumen bestandenen Hang genähert hatte. In diesem Moment hörte er ein Fiepen, welches ihm bekannt vorkam. Es musste eine Ricke mit ihrem Kitz in der Nähe sein. Alsbald wehte der Wind auch die ersten Duftnoten zu ihm hinüber. Das hieß nun wieder, dass die Windrichtung günstig war und sie ihn nicht wittern konnten. Er machte sich ganz lang und drückte sich fest auf den Erdboden. Seine Läufe waren jedoch jederzeit zum Sprung bereit. Da sah er das Kitz, nur einen Steinwurf von ihm entfernt. Mit einem Sprung war er bei ihm, hatte seine Halswirbelsäule gebrochen und labte sich an dem aus der Halsschlagader fließendem Blut, bevor er genüsslich sein Abendmahl verschlang. Dann fand er am Hang zwischen Blättern eine Kuhle die wie gemacht war für sein Nachtlager. Mit dem Gefühl, dass das ein guter Tag gewesen war schlief er auch alsbald ein. Sein Gehörsinn blieb aber auch im Schlaf aktiv. So wunderte es nicht, dass er mitten in der Nacht plötzlich hellwach war und den „Ruf der Wildnis", in erreichbarer Umgebung hörte und beantwortete. Es überkam ihn ein Gefühl der Freude und er spielte eine Runde „Fang den Schwanz" im Gefühl völligen Alleinseins. Zwei kleine Salamander, die sich trotzdem wagten zuzuschauen, trieb er mit einem Seitenhieb seines Laufes in die Flucht. Wie aber nun weiter? Etwas in seinem Inneren sagte ihm, dass er auf dem Weg zu seinen Wurzeln die Neiße überqueren müsste. Jetzt wollte er aber erst einmal zum Rudel stoßen um sich Unterstützung zu holen. So stand er auf und setzte seinen Weg fort. Da der Wald an dieser Stelle nur durch die Straße geteilt wurde überquerte er diese, um sofort wieder im Unterholz zu verschwinden. Jetzt lief er parallel zur Straße, aber immer im respektablen Abstand. In diesem lichten Kiefernwald fühlte Czirpan sich sicher und so entschloss er sich, nach Fressen Ausschau zu halten. In der Nähe von ein paar Kaninchenbaulöchern legte er sich auf die Lauer und musste feststellen, dass Kaninchen reichlich schnell sind. Nach einigen vergeblichen Versuchen, hatte er endlich Glück und konnte ans Ausweiden der Wollkugel gehen. Da hörte er aus dem nächstgelegenen Gebüsch ein Räuspern, was man auch als Lachen deuten konnte. Mit zwei Sätzen war Czirpan da und wollte den Aufdringling gerade ordentlich nischeln, als dieser zurück biss. Es entspann sich ein mehr, oder weniger heftiger Kampf. Im Endeffekt stellte Czirpan fest, dass er es mit einer Wölfin zu tun hatte. Wie auf Kommando ließen beide voneinander ab und schüttelten sich vor Überraschung und Freude. Bald hatte sie sich Czirpan als Tunja vom Rudel des Raslan vorgestellt. Czirpan fiel es natürlich etwas schwerer, nachdem sie ihn anfangs komisches Halbblut genannt hatte. Dabei hatte sie ja nicht ein Mal so sehr Unrecht. Um allen weiteren Fragen erst einmal aus dem Wege zu gehen blieb er dabei und sie vereinbarten, ihn Raslan und dem Rudel vorzustellen. Das er bei diesem Rüden keinen leichten Stand haben würde, war Czirpan von vornherein klar. Er war jedoch schon froh mit Tunja jemanden zu haben, der auf seiner Wellenlänge dachte und fühlte. Unter Menschen würde man sagen, er hatte sich in sie verguckt und beide empfanden etwas Liebe zueinander. Das half jetzt aber auch nicht. Tunja lief durch die lichte Kiefernschonung voran und Czirpan folgte ihr auf dem Geläuf. Tunja hielt plötzlich an und meinte, es wäre nicht schlecht, wenn er Raslan ein Geschenk bringen könnte. Sie hatte auch schon einen Gedanken wie. Nicht weit entfernt sei ein Wechsel des Muffel-Wildes und mit etwas Glück könne man da leicht Beute machen. Ganz zu Beginn würde sie ihm jetzt aber erst einmal das Halsband abnehmen. Gesagt, getan. Ihre scharfen Reißzähne bohrten sich in das Leder des Halsbandes. Wenn Czirpan auch nicht gerade wohl dabei war, so nah an seinem Genick und der Gurgel dies zu ertragen, so war er nach ein paar weiteren Versuchen froh, das letzte Zeichen seiner Knechtschaft abgelegt zu haben. Sie legten sich auf die Lauer. Da kamen auch schon mehrere Mufflons, schön aufgereiht. Nachdem sie vorbei waren sprang Tunja wie abgesprochen aus der Deckung. Daraufhin stoben die Vordersten davon, wie vom Blitz getroffen. Die hinten laufenden Älteren und Jungtiere konnten natürlich nicht folgen und versuchten seitlich zu fliehen. Da lag aber Czirpan auf der Lauer. Mit wenig Anstrengung hatte er ein Alttier zur Strecke gebracht. Als Tunja kam, schleifte er bereits noch ein Jungtier heran. Tunja lobte ihn ob seiner Schnelligkeit und Gewandtheit. Sie schleiften beide Tiere in eine kleine Mulde und legten noch lockeres Reisig obenauf, damit nicht gleich jeder Greifvogel sich daran gütig täte. Somit machten sie sich also auf den Weg zum Rudel und waren trotz der unklaren brisanten Lage eigentlich guter Dinge. Der Lärm des Gemetzels war dem nur unweit lagernden Rudel natürlich nicht entgangen und Raslan hatte zwei Halbwüchsige ausgeschickt zu klären, wer da in seinem Revier jage. Wenn man bedenkt, dass das Rudel nur aus 8 Wölfen bestand war das schon reichlich viel Aufmerksamkeit, die er ihnen zukommen lies. Die Zwei waren allein durch eine Drohgebärde Czirpans zu beeindrucken und zur Umkehr zu bewegen.

Als Raslan erfuhr, dass eine seiner Fähen mit einem imposanten Rüden im Anmarsch war raste er anfangs vor Wut, beruhigte sich aber relativ schnell da er jede Verstärkung für sein kleines Rudel gebrauchen konnte. Außerdem bedeutete das frisches Blut in die Vermehrung seines Rudels zu bekommen, was für dessen Erhaltung dringend notwendig war.

11. Das Wolfsrudel

Bis jetzt bestand es ja nur aus ihm, dem Leitwolf, den 2 Fähen Samara und Tunja und den 3 Jungwölfen Raslik, Brugan und Jaya. Gut die Hälfte seines Rudels hatte er durch Militärfahrzeuge und Jäger verloren. Sie befanden sich schließlich auf einem Truppenübungsplatz. Er wurde jäh aus seinen Gedanken gerissen, als Czirpan und Tunja eintrafen. Was er da sah, missfiel ihm von vornherein. Mit geschultem Auge sah er, dass das kein reinblütiger Wolf war. Er musste sich aber auch eingestehen, dass er diesen Gegner nicht unterschätzen durfte, wenn er Leitwolf bleiben wollte. So wurden die Zwei also erstmal mit Jaulen und Schwanzwedeln empfangen. Alsbald machte sich das ganze Rudel über das Gastgeschenk her, von dem nach kurzer Zeit nicht mehr viel zu sehen und übrig war. Den Rest überließen sie den Ameisen, Käfern und anderem Getier der Gesundheitspolizei des Waldes. Das Rudel fand sich aber erstmal zu einer Beratung zusammen, auf der Raslan fast allein das Wort führte. Ihm wäre ja schon viel untergekommen. Eine Schäferhündin hätte sich zu ihnen verirrt um sich decken zu lassen, aber das ein Wolfshalbblutrüde wie aus dem Nichts auftauche, schlage dem Fass doch den Boden aus. Er wolle jetzt auf der Stelle wissen, welchen Zweck und Ziel sein Auftauchen habe, oder ob ihn sogar die Menschen zur Zerstörung des Rudels geschickt hätten. Czirpan brachten diese Worte schon in Rage und es sträubten sich seine Nackenhaare. Im Moment hielt er es aber für besser, erstmal unterwürfig den Kopf zu senken und mit der Rute zu wedeln. Da er jetzt so direkt angesprochen wurde, richtete er das Wort an die versammelten Wölfe. „Ich heiße Czirpan vom Ruf der Wildnis, bin ein tschechoslowakischer Wolfshund und auf der Suche nach dem Rudel und dem Jagdrevier seines Urgroßvaters Stenek in den Beskiden". Da erhob Raslan sich blitzschnell und knurrte Czirpan, der ebenso schnell ihm gegenüber stand, bösartig an. „Erlaube dir nicht noch einmal den Namen unseres Altobersten Leitwolfes Stenek in deine stinkende Schnauze zu nehmen, wenn wir dich nicht auf der Stelle in tausend Teile zerreißen sollen". Da du aber ansonsten kein schlechter Kerl zu sein scheinst, sollst du dein Chance erhalten. Kämpfe gegen mich. Solltest du der Überlegene sein, wird dich ein Teil meines Rudels auf deinem Weg begleiten. Überlege dir die Antwort aber reiflich, denn es wird ein Kampf auf Tot oder Leben. Czirpan war die Schwere und Gefahr dieses Kampfes zwar bewusst, aber er zögerte keinen Augenblick, diese Bedingungen anzunehmen. In seinem Inneren spürte er, dass er jetzt am Scheideweg zwischen Gelingen und Scheitern seines Zieles stand. Somit wurde das Morgengrauen als Zeitpunkt und die Birkenlichtung als Ort festgelegt und jeder war bemüht, noch ein paar Stunden der Ruhe zu finden. Tunja lagerte neben ihm und sie hatten die Hälse übereinandergelegt. Um ihn besonders aufzubauen, erzählte sie ihm, dass er Vater würde. Er hatte sie zwar bei ihrem ersten Treffen ein-, zweimal besprungen, aber dass es gleich mit Nachwuchs klappen sollte, hätte er beim besten Willen nicht gedacht. Dazu kam ja noch, dass Tunja eigentlich Raslans Fähe war. Jedenfalls waren alle frühzeitig auf den Beinen und der Schlachtruf der Wölfe hatte auch den letzten Langschläfer im Walde geweckt. So kam es, dass die Birkenlichtung reichlich bevölkert war von neugierigen Zaungästen. Diese zogen es aber vor, die oberen Logenplätze zu nutzen. Von den Vierbeinern hatten sich auch nur ein Igel und ein Dachs aus ihren entfernten Revieren, die Sicherheitsabstände beachtend, getraut. Selbst der Igel hatte sich vorher vergewissert, ob auch kein Tümpel in der Nähe wäre. Das Gekrächze der Vögel verstummte, als beide Matadore den Kampfplatz erreichten. Czirpan ging in Gedanken nochmals alle Ratschläge seines Vaters Czepan durch. Ob es ihm gelingen würde, dem ersten Angriff des Gegners durch Abducken zu entgehen und dann nach der Wendung blitzschnell zuzupacken?

12.1. Der Kampf

Dem Dachs war mit Zustimmung beider Parteien die Rolle des Kampfrichters übertragen worden. Beide standen an einem Rand der Lichtung. Viel Zeit zum nachdenken blieb ihnen nicht. Der Dachs zog dem Eichelhäher eine Feder heraus und dessen Schrei war das Signal zum Kampfbeginn. Beide Kontrahenten schossen pfeilartig aufeinander zu. Als jeder dachte, sie würden zusammenstoßen, legte Czirpan sich flach auf den Boden. Raslan flog über ihn hinweg und wollte ihn im Genick packen. In diesem Moment hatte Czirpan sich herumgedreht und fasste Raslan an der Gurgel, womit er die Oberhand gewann. Alle riefen, er solle ihm den Rest geben. In Czirpans Kopf jagten die Gedanken nur so hin und her. Was sollte er als Leitwolf eines Rudels, welches ihn bremste. Also könnte ihm ein lebender Raslan wesentlich mehr von Nutzen sein. Dabei hatte er über die Auswirkungen seiner Vaterschaft nicht nachgedacht und wollte es jetzt auch nicht. Jedenfalls erhob er sich, stellte die Vorderläufe auf Raslan und ließ den Ruf der Wildnis ertönen. Aus allen Richtungen kamen Beifallsbekundungen. Tunja kam zu ihm und leckte seinen aufgerissenen Vorderlauf. Beide waren froh über den glücklichen Ausgang des Kampfes. In Czirpan kam ein Gefühl der Unbesiegbarkeit hoch. Tunja holte ihn aber sehr schnell wieder auf den Boden der Realität zurück, als sie Raslans spätere Beziehung zu ihrem Nachwuchs in die Überlegungen und Gedanken zur weiteren Zukunft einfließen ließ. Es ist nun mal so dass Rudelführer mit fremd gezeugtem Nachwuchs keine Gnade kennen und kurzen Prozess machen, vor allem, wenn Mutter oder Vater nicht anwesend sind. Wie sollten sie das und Czirpans Pläne unter einen Hut bringen.

Jetzt hieß es aber erstmal sich ausruhen von den Strapazen der letzten Stunden. Dazu kehrte das Rudel zu seinem alten Lagerplatz zurück.

12.2. Der Wert des Wortes

Czirpan fiel wie erschlagen auf seinem Platz nieder. Neben ihm wie immer Tunja und auch zwei Jungwölfe hatte es in den letzten Tagen zum lagern in ihre Nähe verschlagen. Ob das nun an einer Antipathie gegenüber Raslan oder einem damit verbundenen Gefühl der Sicherheit lag, hatte Czirpan und auch Tunja noch nicht herausbekommen. Wenn sie Raslik und Jaya daraufhin ansprachen, wussten die es selbst nicht, ebenso wenig, warum Brugan nicht bei ihnen war. Das alles waren aber nur Nebensächlichkeiten. Es ging auf den Winter zu, die günstigste Zeit zum Überqueren des Flusses. Noch hatte Czirpan sein Team nicht zusammengestellt und die Frage, was mit Tunja und ihrem Nachwuchs werden sollte, stand auch noch offen. Ihm war nur klar, dass er sie auf die lange, schwierige Reise nicht mitnehmen konnte. Es kam der Tag, an dem Raslan die lang erwartete Versammlung des Rudels ansetzte. Nur hier konnte jeder frei und offen reden. Anschließend hatte auch jeder, egal ob

48

Leitwolf, oder Jungtier eine gleichwertige Stimme. Da bei ihnen eine Pattsituation keine Seltenheit war, wurde auf die Anwesenheit von jedem Wert gelegt. Diesmal kamen sie schon alle, um Raslans Reaktion auf seine Niederlage zu sehen. Umso mehr erstaunte es sie, dass Raslan den Verlust seiner Stärke als Leitwolf unumwunden zugab. Nach seinen einleitenden Worten, folgten die Verhaltensregeln für das Rudel im Winter. Diese galten, egal ob sie beim Rudel blieben, oder Czirpan begleiteten und begrenzten sich auf zwei Wesentliche, die lauteten:
-Gehe dem Menschen und seinen Ansiedelungen grundsätzlich aus dem Wege;
-Wölfe sind Wildtiere und leben von Wildtieren;
Dann betonte Raslan nochmals seine Niederlage und bat Czirpan ihn als Leitwolf abzulösen. Czirpan bedankte sich für das Angebot, erbat sich aber
die versprochene Begleitung um seinen Weg fortzusetzen. Auf Raslans Frage, wer Czirpan begleiten möchte, meldete sich fast das komplette Rudel. So einfach war die Sache nun doch nicht, denn Raslan wollte nach diesem Winter in Richtung der untergehenden Sonne weiterziehen. Es war schon eine großzügige Geste, dass er ihm Samara, Raslik, Jaya und Brugan zuteilte. So schwer es Czirpan auch fiel ließ er Brugan zurück,

um auf Tunja und ihren Nachwuchs zu achten. Alle stimmten dieser Lösung zu. Raslan erklärte Czirpan noch, dass, da sie in eine Richtung gehen würden, dort noch Menschen erleben werden, die aus Not auf die Jagd gingen, und da er an Menschen gewöhnt war, besonders vorsichtig sein müsse.

13. Der Abschied

Tiere können nicht weinen wie Menschen, aber ihre Schmerzen sitzen genauso tief. Nachdem die Nacht vorüber war, sammelten sich die zwei Gruppen zum Aufbruch. Vorher lief man aber noch eine kleine Runde um die steifen Läufe gelenkig zu bekommen. Es hatte zwar noch nicht viel geschneit, aber die Temperaturen bewegten sich deutlich im Minusbereich. Raslan wollte als Erster aufbrechen in Richtung dreier hoher qualmender Schlote. Also standen Czirpan und Tunja ein letztes Mal beieinander. Sie legten, wie so oft, die Köpfe einander über die Schultern und sprachen sich gegenseitig Mut zu. Czirpan sagte ihr, sie solle notfalls mit Brugan zurückbleiben um die Jungen zu gebären. Tunja bat ihn, so schnell wie möglich zurück- und ihnen nachzukommen. Im ganzen Rudel herrschte eine äußerst bedrückte Stimmung, die selbst Raslan erfasste und ihn veranlasste, Czirpan viel Glück auf seiner Reise zu wünschen. Für lange Zeit erklang in den Wäldern der Lausitz zum letzten Mal der Ruf der Wildnis. Raslan ermahnte sein Rudel zusammen zu bleiben und im lichten Kiefernwald verschwanden schnell ihre Silhouetten. Jetzt war es an Czirpan zu handeln.

14. Der Aufbruch

Also betrachtete er seinen Trupp, den er immer noch nicht wagte als sein Rudel anzusehen. Es waren also Samara, Raslik und Jaya, die sich um ihn scharten. Damit war er fast noch besser dran als Raslan. Wie schon berichtet war dieser Winter zwar kalt, aber schneearm. Deshalb sah sich Czirpan verpflichtet, noch einmal auf Vorsicht beim Laufen hinzuweisen, um Verletzungen der Läufe an scharfkantigen Böden, Gräsern, Blättern und gefrorenen Wasserlachen zu vermeiden. Auch bat er Samara bei ihm an der Spitze zu bleiben, da sie bereits den Weg in entgegengesetzte Richtung gegangen war und er sie damit, zumindest für den ersten Teil der Reise, als orts- und wegekundig ansah. Hinter den Beiden sollte Jaya laufen und Raslik sollte ihren Trupp nach hinten absichern. So brachen sie also auf, ohne zu wissen, was die nächste Zeit für sie bringen würde. Als Ziel hatten aber Alle das gleiche, die westlichen Ausläufer der Karpaten, die Beskiden. Keiner konnte den zeitlichen Rahmen einschätzen. Waren es Tage, Wochen, Monate, oder sogar Jahre. Sie würden erst zurückkehren, wenn sie ihr Ziel erreicht hätten. Die erste Strecke im lichten Unterholz kamen sie zügig voran. Dann tauchte wie aus dem Nichts eine Straße vor ihnen auf. Ein Fahrzeug reihte sich an das Andere. Czirpan musste den Moment abpassen, wo sie alle gefahrlos hinüberkamen. Da quietschten auf einmal Autoreifen und zwei hinausgestreckte Kinderhände zeigten auf sie. Sie duckten sich erstmal soweit wie möglich an den Waldboden und waren froh, als das Auto endlich weiterfuhr. Genau jetzt war auch die Chance zum Überqueren gegeben und das taten sie auch schleunigst. Auf der anderen Seite angekommen, beratschlagten sie erstmal die weitere Vorgehensweise. Irgendwie steckte aber der Wurm drin. Czirpan merkte, dass er sich im Fußballen des rechten Vorderlaufes ein Splittkorn eingetreten hatte. So konnte er aber beim besten Willen nicht weiter, geschweige denn die lange Strecke laufen. Sie suchten verzweifelt nach einer Lösung. Über aller Grübelei waren sie schließlich eingeschlafen. Als der neue Tag erwachte, rieb Samara sich die Augen und konnte sich ein freudiges Jaulen nicht verkneifen. Was, oder wer da kam, war so unglaublich, dass sie es erst gar nicht glauben konnte. Es war Czirpan, der wie durch ein Wunder geheilt, springend wie ein Welpe, aus den ersten Sonnenstrahlen auftauchte. Schnell hatten alle ihn umringt und obwohl sie ihre Neugier kaum zügeln konnten, kam Czirpan einfach nicht zu Wort. Also dauerte es schon geraume Zeit, bis Czirpan seine Geschichte erzählt hatte. Er war zu dem Gehöft des Freundes seiner ehemaligen Herren gelaufen und dieser hatte ihm geholfen. Nun wollten natürlich alle mehr über die Menschen wissen. Czirpan war sich der Gefahr etwas zu verharmlosen durchaus bewusst. Deshalb teilte er in seinen Erzählungen die Menschen in Gut und Böse ein, mit der Grundorientierung böse. Da, wie schon gesagt, zwar eisige Temperaturen das Wasser gefrieren ließen, aber nur eine dünne Schneeschicht lag, hieß es weiterhin hellwach zu sein, um Schnittverletzungen der Läufe zu vermeiden. Bei Raslik hatte sich schon ein kleiner Riss an einem hinteren Zehenballen gezeigt. Nun hüpfte er dem kleinen Rudel hinterher, wie ein Balletttänzer. Die jetzt überall gegenwärtige Nässe der Flussaue war dem Heilungsprozess alles andere als zuträglich. Es half aber alles nichts. Wenn ihr Unternehmen Erfolg haben sollte, mussten sie wohl oder übel die Neiße überqueren und zwar so schnell wie möglich. Dazu hieß es aber den richtigen Platz finden. Dazu liefen sie zunächst flussaufwärts und hielten Ausschau. Bald kamen sie an eine Stelle, wo ein Steinwall beide Ufer verband, um die Wassertiefe zu regulieren.

15. Die Überquerung

Er stieg vorsichtig die Böschung hinab bis zur Wasserfläche. Diese war bis zu den ersten Steinen vereist. Vorsichtig prüfte er mit den Vorderläufen die Haltbarkeit und Glätte des Eises. Beides befand er als akzeptabel. Wie aber würden die Steine des Walles sein, die im Augenblick nur von Raureif überzogen, weiß leuchteten. Letztendlich blieb ihnen aber keine andere Chance, wenn sie nicht schwimmen wollten. Er ließ also alle noch einmal die Kälte aus dem Pelz schütteln und forderte sie auf, in der bekannten Reihenordnung die Überquerung in Angriff zu nehmen. Dann setzte er vorsichtig den ersten Lauf auf das Eis und schließlich den nächsten. Jetzt spürte er wie schmierig glatt die Steine waren, sodass es nicht ein Mal half, die Krallen auszufahren. Er wollte seine Erkenntnisse gerade nach hinten durchgeben, als ein Schrei und Winseln an sein Ohr drang. Jetzt musste er sich aber auf sich selbst konzentrieren. Noch zwei, drei Schritte und er hatte das rettende Ufer erreicht.

Angekommen, schaute er sich sofort nach seinen Kameraden um. Samara war ihm fast auf dem Lauf gefolgt und Raslik erreichte sie nun auch. Beide berichteten, dass Jaya in einer Steinspalte hängen geblieben war und ins Wasser stürzte. Dies war auf der flußaufwärtigen Seite, so dass sie als ungeübter Schwimmer enorme Schwierigkeiten gegen die Strömung hatte und vor dem Steinwall immer wieder in die Tiefe gezogen wurde. Czirpan machte sich große Vorwürfe, dass er als Leitwolf nach noch nicht mal einem Tag schon einen Verlust hinnehmen musste. Samara rüttelte ihn aber wach aus seinen trüben Gedanken.

16.Der Weg

Dabei spürte Czirpan, dass gerade sie an dem Verlust ihrer Tochter am meisten zu leiden hatte. Auch Raslik, ihr Bruder, hätte sich vor Gram am liebsten in den Schwanz gebissen.

Sie alle rissen sich aber zusammen. Als Czirpans fragende Augen Samara trafen wusste sie, dass er nicht weiterwusste. Deshalb sagte sie ohne weitere Worte "Wir müssen in der Richtung laufen, die die Sonne vom frühen Morgen bis zu ihrem höchsten Stand am Mittag nimmt". Da in der direkten Richtung sehr viel dichtes Unterholz den Weg versperrte beschlossen sie, erst einmal ca. einen halben Tag noch dem Fluss stromaufwärts zu folgen. Gesagt, getan, Czirpan überließ Samara die Führung und sicherte ihren kleinen Trupp nach hinten. Außerdem gab es ihm die Möglichkeit alles zu überblicken. So ging der erste Tag seinem Ende entgegen und sie alle hatten eine längere Ruhepause bitter nötig. Schnell war ein Lagerplatz gefunden und die Wachen eingeteilt. Samara übernahm die erste Wache, Czirpan die zweite und Raslik den Rest bis zum Morgen. Wie auf Kommando fielen allen außer Samara die Augen ruckartig zu und man hörte nur noch ein zufriedenes Schnaufen.

17. Appetitshappen

Kurz vor Mitternacht stieß Samara ihre Nase zweimal kurz hinter Czirpans Schulterblätter. Er war sofort hellwach und Samara genauso schnell in einen Tiefschlaf gefallen. Dadurch bekam sie nicht einmal die folgenden Aktionen mit.

Czirpans Nerven waren bis zum Letzten gespannt. Vom Wasser herauf klangen Laute, als ob ein ganzer Schwarm Enten landen würde und das Ufer erklomm. Das machte ihn nun doch neugierig, sodass er jeden Laut vermeidend in diese Richtung pirschte. Er glaubte seinen Augen nicht zu trauen. Da hatte eine ganze Rotte Wildschweine die Neiße durchschwommen und nun waren die Schwarzkittel dabei sich im Uferschlamm zu suhlen und nach fressbaren Wurzeln und Kleingetier zu suchen. Mittendrin liefen mehrere Frischlinge und Jungtiere, die in ihrem Übermut sich auch schon mal weiter von der Rotte entfernten. Einen dieser Ausflüge machte sich Czirpan zu Nutze und hatte ohne viel Aufsehen ein Jungtier erlegt. Als die Rotte ins Landesinnere abzog kam dazu noch ein Frischling. Das wäre aber fast ins Auge gegangen, denn dessen Mutter hatte im letzten Moment doch noch etwas mitbekommen und selbst der mutigste Wolf würde sich nie mit einer wütenden

Wildschweinbache anlegen. Seine Chancen wären dabei nämlich glatt Null. Als alle abgezogen waren, schnaufte Czirpan deswegen erstmal tief durch. Er versteckte und tarnte seine Beute ordentlich und lief zum Rudel um Raslik zu wecken. Der wunderte sich zwar warum Czirpan so tief atmete, übernahm aber ohne viel Federlesen seine Wache. Czirpan suchte nicht erst lange nach einer Lagerstatt, sondern ließ sich an Ort und Stelle nieder und träumte alsbald von schäumenden Wildwassern und Wildschweinen. Als der Morgen graute und er die Augen aufschlug, standen alle Rudelmitglieder um ihn herum. Raslik berichtete ganz aufgeregt, dass in der Nacht in unmittelbarer Nähe eine mächtige Rotte Wildschweine vorbeigezogen sein musste, worauf die Spuren am Ufer hinwiesen. Czirpan schwieg, konnte sich ein kleines Knurren nicht verkneifen. Als Raslik fertig war, führte er sein Rudel zu der Beute und nachdem er die Tarnung entfernt hatte, lud er sie alle zum Frühstück ein. Wieder einmal vergaßen sie alle guten Fress-Sitten, denn es konnte ja für lange Zeit das Letzte sein, was sie zwischen die Kiefer bekamen. Als auch der letzte Knochen und die letzte Schwarte vertilgt waren ordnete sich das Rudel um weiter zuziehen.

18. Hindernisse

Jetzt übernahm Czirpan die Führung. Samara sorgte von Hinten dafür, dass das Rudel zusammenblieb. So kamen sie anfangs zügig voran. Czirpan war bestrebt, auf der jetzt polnischen Inlandseite genügend Abstand zu den Dörfern zu wahren. Gleichzeitig dachte er an die Einsehbarkeit über die Neiße. Alle diese Vorsicht wirkte sich dennoch bremsend auf das Vorwärtskommen aus. Da kam schon das nächste Problem in Form einer breiteren Straße. Er ordnete alle im Straßengraben. Mit Samara kroch er vor bis zu dem Punkt, wo sie die Straße beidseitig einsehen konnten. In einem günstigen Zeitpunkt überwand das Rudel geschlossen ruckartig die Straße. Angekommen sammelte Czirpan sein Rudel und sie beschlossen den Marsch für heute zu beenden. Also suchten sie eine günstige Lagerstatt und begaben sich zur Ruhe. Wie in den letzten Tagen schon häufiger, legte sich Samara in seiner unmittelbaren Nähe nieder und erwies ihm nicht nur durch das Ablecken seiner Nase ihre Sympathie und Zuneigung. Diese Nacht sahen sie vor sich beiderseits des Flusses eine größere Stadt. Die konnten sie nicht so einfach umgehen. Deshalb beschlossen Czirpan und Samara erst einmal mehrere Tage in Richtung der aufgehenden Sonne zu gehen, um dann in die Richtung ihres höchsten Standes zu schwenken.

19. Feuchte Auen / Laubwälder

Dieser Sommer schien sehr heiß zu werden, denn bereits der Frühling brachte mit seinen Temperaturen die Natur zum erblühen. Besonders lästig waren die unendlichen Schwärme von Stechinsekten. Noch dazu, wo jetzt ein Gebiet mit vielen feuchten Wiesen und Auen vor ihnen lag. Was sie nicht wissen konnten war, dass sie sich bald im Quellgebiet der Oder befanden. So zogen sie also los.

Sie waren noch keine 5 Minuten gelaufen als sie in die Nähe eines einzelnen Gehöftes kamen, auf dem auch noch gleich ein Hund ein riesiges Spektakel machte und seinen Herrn dazu brachte, mit einer alten Schrotflinte zu erscheinen. Egal wie echt das Gewehr war machten sie doch schleunigst einen Schwenk, um das Gehöft weiträumig zu umgehen. In einem kleinen Wäldchen angekommen wollten sie sich gerade eine Pause zum Verschnaufen gönnen, als sie in der Ferne schon den Kläffer vom Gehöft kommen hörten. Czirpan beauftragte Raslik und Jaya sich um ihn zu kümmern. Die Zwei hatten größere Probleme mit ihm als man hätte glauben mögen. Als sie endlich den leblosen Körper herbeischleiften trugen auch sie Zeichen des ungleichen Kampfes. Keiner von ihnen dachte auch nur einen Moment daran, ihn zu verspeisen. So wurde er in einer entlegenen Ecke des Wäldchens abgelegt und der Gesundheitspolizei des Waldes überlassen.

20. Hasenjagd

Nichts desto Trotz machten sich bei allen knurrende Mägen bemerkbar und sie beschlossen, auf Jagd zu gehen. Da im weiten Umfeld nichts von größeren Waldtieren zu sehen war verfiel man auf die Hasenjagd. Sie hatten schon sehr viel davon gehört. Trotzdem wollten sie sich selbst ein Bild davon machen, warum sie als eine Königsdisziplin der Jagd bezeichnet wurde. Schwerer konnten eigentlich nur noch Kaninchen zu erbeuten sein. Czirpan teilte seine kleine Schar also in Treiber und Fänger. Raslik und Jaya sollten einen großen Bogen schlagen und dann nebeneinander, einen möglichst großen Korridor erfassend, auf das Wäldchen zuhalten und dabei die im Gras abgeduckt sitzenden Hasen aufschrecken, um sie möglichst genau in ihre Richtung zu treiben. Samara und er würden dann ihr Bestes geben um reiche Beute zu machen. Zumindest der Plan war schon mal einsame Spitze, wurde aber gleich zu Beginn umgestoßen. Als alle sich an ihre Plätze begeben wollten hoppelte eine Nasenlänge vor ihnen, wie zum Spott, Meister Lampe vorbei und bevor Czirpan auch nur Luft geholt hatte, war Raslik wie ein Pfeil hervorgeschossen und hatte ihn schon am Kragen. Mit nicht verhohlenem Stolz legte er ihn vor ihnen nieder. Nun konnte es aber endlich losgehen. Raslik und Jaya machten sich schleichend auf den Weg. Es dauerte auch nicht lange und von den Wiesen her war ein großer Tumult vernehmbar. Den meisten Krach veranstalteten aber die auffliegenden Bodenbrüter. Czirpan und Samara stellten sich so, dass sie einen möglichst großen Handlungsbereich hatten. Da kamen auch endlich die ersten Hasen. Jeder der Beiden erwischte einen und sie wollten fast entmutigt aufgeben. Da sahen sie, dass einige vor ihnen noch mal kehrtgemacht hatten und jetzt von Raslik und Jaya erwischt wurden. Als sie alle ihre Strecke nun ausgelegt hatten waren es schließlich fünf Hasen, die für ein ordentliches Abendbrot reichten. An diesem Abend wurde noch viel erzählt und schließlich beizeiten geruht. In diesem weit überschaubaren Landstrich hatten sie das Aufstellen von Wachen nun schon seit mehreren Tagen nicht mehr für nötig erachtet. So hatte diese flache Wiesen-, Hecken- und Tümpellandschaft auch ihre positiven Seiten. Woher sollten sie auch wissen, dass sie sich im Quell- bzw. Zuflußgebiet der Oder befanden. Überall brachte der Frühling die Natur zum erblühen und so eröffneten sich auch für sie immer neue Möglichkeiten, an Futter zu kommen. Hier und da schaffte es ein Fasan oder Birkhuhn nicht, rechtzeitig aufzufliegen. Selbst in den Tümpeln konnten sie mit viel Geschicklichkeit auch mal einen Fisch an Land ziehen. Bei ihren Unternehmungen mussten sie nur darauf achten, keinem Jäger vor die Flinte zu laufen. Die für Hasen, Enten und ähnlichem Niederwild gedachten Schrotladungen konnten ihnen zwar nicht wirklich gefährlich werden, würden aber nicht nur für weitere Verzögerungen auf ihrem Marsch sorgen. So waren sie bis auf kleine Episoden mit ihrem Leben zufrieden und träumten in dieser Nacht von wilden Jagten im Gebirge und der Rivalität mit dem Steinadler.

21. Die Vögel

Czirpan schreckte am frühen Morgen aus seinen Träumen auf, weil Jaya laut winselnd sich zwischen ihn und Samara schob. Auf seine Frage, was los wäre, zeigte sie nur nach oben und auf das freie Feld. Es waren Töne wie beim Start einer Rakete und ein großer dunkler Schatten legte sich über das Gelände. Beim genaueren Hinschauen erkannte Czirpan, dass es sich um einen großen Schwarm Wildgänse handelte, die auf ihrer Wanderung einen Zwischenstopp einlegten. Sie entschlossen sich die Gunst der Stunde zu nutzen und auf Jagd zu gehen. Diesmal stoben sie in breiter Linie in die am Boden recht unbeholfenen Gänse hinein und nahmen, was sie greifen konnten. Das waren in der Regel je Wolf zwei Gänse. Die Mahlzeit machte aber nur halb soviel Spaß. Beim Rupfen kamen ihnen immer wieder Federn in die Nase und zwangen sie zum Niesen und Prusten. Wenn man sich aber erst einmal durchgekämpft hatte, entschädigte das Fressen für alle Mühen.

22. Petri Heil

Am nächsten Tag kam Raslik plötzlich mit einem stattlichen Fisch an. Da alle neugierig waren musste er erstmal erzählen, wie er dazu gekommen war. Er hatte am nahe gelegenen Weiher auf der Lauer gelegen und gesehen, wie Vögel Fische mit den Krallen fingen um sie ein Stück weiter am Boden zu verzehren. In diesem Moment war er herbeigesprungen und hatte den Vogel übertölpelt. Seine Beschreibung sorgte für allgemeine Heiterkeit, aber auch Achtung und sie beschlossen auf Fischfang zu gehen. Ganz so einfach war es dann doch nicht. Es war ein langgestreckter toter Flussarm. In der Mitte wie mit einem Gürtel geteilt durch eine schmale seichte Stelle. Da Vögel nicht am laufenden Band ihnen Fisch vor die Pfoten warfen legten sie sich an dieser Stelle auf die Lauer. Diese Aufgabe verlangte schon eine gehörige Portion Ausdauer und Konzentration von ihnen ab. Sie mussten außerdem jederzeit bereit sein nach einem Fisch, der die Stelle passierte zu schnappen. Entsprechen stolz und geschafft waren sie, als sie mit ihrem Fang von 3 mittelgroßen Fischen zurückkehrten. Da das Wetter seinen Rest dazu gab, begaben sich alle wieder beizeiten zur Ruhe.

e 23. Richtungswechsel und neue Erkenntnisse

An diesem Abend hatten sich Czirpan und Samara noch lange unterhalten. Schließlich entschlossen sie sich am nächsten Tag die Marschrichtung in Richtung der aufgehenden

Sonne zu ändern. Samara rückte ganz dicht an ihn heran. Sie sagte ihm, dass sie soweit sei, ihr kleines Rudel zu verstärken. (Tragzeit 60-63Tage) Darüber freute sich Czirpan riesig kam aber ins Grübeln, wie er mit dem Nachwuchs weitermarschieren sollte. Er hatte auch schon längere Zeit beobachtet, dass Samaras Gesäuge stark angeschwollen war. An diesem Tag liefen sie nur bis zu einem kleinen mit Eichen bestandenen Hang. Jetzt halfen alle für Samara eine geeignete Wurfhöhle zu bauen. Czirpan und Raslik gingen noch einmal auf Jagd und konnten ein stattliches, wenn auch lahmendes Reh erlegen. Nun war es aber endgültig soweit. Es wurde vereinbart, das Jaya bei ihrer Mutter bleiben und Raslik mit Czirpan zum Ziel laufen sollten. Auf dem Rückweg würden sie dann wenn möglich die ganze Bande wieder mitnehmen. Czirpan setzte seiner inneren Beruhigung rings um den Platz Duftnoten, dann brachen sie mit Raslik in Richtung der aufgehenden Sonne auf. Irgendwie trieb ihn jetzt aber doch die innere Unruhe, denn er hätte zu gern noch einmal seinen Nachwuchs gesehen. Letztendlich siegte aber die Vernunft und er legte einen Schritt vor, dass Raslik ihm kaum zu folgen vermochte.

24. Die Falle

Trotzdem konnten sie die Zeit nicht anhalten und der Tag neigte sich seinem Ende entgegen und was machen zwei Zigeuner wie sie in diesem Falle? Sie suchen sich eine Unterkunft, bzw. in diesem Falle einen Schlafplatz. Den fanden die beiden auch recht schnell in einer mit Büschen umwachsenen kleinen Baumgruppe. Als Czirpan früh morgens zu sich kam, hörte er ein jämmerliches Winseln. Er lief kurz um die Baumgruppe herum und sah auch schon die Bescherung. Raslik hatte in seiner Neugier eine Fuchsfalle übersehen und die hatte ihn zum Glück nur am Schwanz erwischt. Czirpan brachte ihm einen Knüppel, mit der Anweisung kräftig darauf zu beißen. Als es endlich soweit war, trennten Czirpans scharfe Zähne das eingeklemmte Teil vom verbleibenden Schwanz ab. Raslik war jetzt zwar frei, aber die Wunde blutete erheblich. So liefen beide erstmal zu einem nahe gelegenen Wasserloch, wo sich Raslik am Rand hineinsetzte. Da es immer noch nicht aufhören wollte mit bluten, musste er sich auch noch in eine Lehmkuhle setzen. Nun sahen beide zwar aus, als hätten sie gerade eine Schlamm- und Dreckschlacht überstanden, aber in diesem Falle heiligte der Zweck die Mittel. Durch dieses Vorkommnis hatten sie fast einen ganzen Tag verloren und legten jetzt ein gehöriges Stück Tempo (auch Affenzahn genannt) zu. Czirpan begann zu merken, dass er nicht mehr die jugendliche Frische und Ausdauer wie vor Monaten und wie Raslik hatte.

25. Kanonendonner

Egal, sie kamen jedenfalls zügig voran. Beim Überqueren einer größeren, nur mit einzelnen Hecken bestandenen Fläche, passierte das, was man auch beiläufig als Katastrophe bezeichnet. Sie gerieten mitten in eine Hasentreibjagd.
Zumindest konnten sie sich gerade noch hinter eine Hecke flüchten, bevor die Treiber ihnen zu nahekamen. Nun lagen beide platt wie zwei Flundern am Boden und Raslik fing an zu wimmern. Czirpan hätte ihm am liebsten in die Schnauze gebissen. So musste es ein kräftiger Anranzer tun. Zum Glück klappte es und es zog absolute Stille ein. Umso größer war die Freude, als die Treiber und schließlich auch die Jäger, ohne etwas gemerkt zu haben, vorbei waren. Zu ihrem großen Glück waren bei der ganzen Aktion keine Hunde im Spiel gewesen. Geraume Zeit

mussten sie dennoch warten, bevor sie sich aus ihrer „Lauerposition" erheben durften und vorsichtig bis zu nächsten Hecke liefen.

26. Blitz und Donner

Dazu merkten sie auch, dass sie dem Gebirge immer näherkamen, denn die vormals glatte Ebene hatte sich schlagartig in ein mit bewaldeten Hügeln und Wasserbecken durchzogenes Bergland verändert. Sie konnten es nicht wissen, aber sie kamen ihrem Ziel, den mährisch-schlesischen Beskiden als Teil der Waldkarpaten immer näher. In der Ferne ragte ein mächtiger Berg, der Lysahora, auch Kahlberg genannt. Mit dem Ziel vor Augen lief es sich gleich doppelt so leicht. In der folgenden Nacht wurden sie von mächtigen Blitzen, Donner und sintflutartigem Regen überrascht. Nun sahen sie im wahrsten Sinne des Wortes aus, wie zwei begossene Pudel. Dabei hatten sie nicht einmal die Möglichkeit eines Unterschlupfes. Nachdem sie das Wasser so gut wie möglich aus dem Fell geschüttelt hatten, versuchten sie durch Laufen die Kälte im ganzen Körper zu vertreiben. Nicht weit von ihnen hatte ein Blitz in eine alte Eiche eingeschlagen, einen großen Ast abgetrennt und den morschen Stamm entfacht. Wie selbstverständlich lief Czirpan in diese Richtung, um sich zu wärmen, vergaß aber Rasliks panische Angst vor Feuer. Als er seinen Fehler bemerkte, bedurfte es einer langen und sinnbildlichen Erklärung, bis er Raslik soweit hatte, an seiner Seite sich dem Feuer zu nähern.

Weiter bei **Kapitel 28.**" Lehrstunden"

27. Im Hinterland

_(Als eingeschobenes Kapitel bitte separat lesen und zuordnen)

27.1.Der Nachwuchs

Es war eine unruhige Nacht gewesen. Jaya hatte kaum ein Auge zugemacht. Sie hatte alle Ohren und Sinne gespitzt um ja keinen Ton der aus der Wurfhöhle nach draußen drang, zu verpassen. Nun entschloss sie sich, genug gewartet zu haben und nachsehen zu dürfen. Für Samara war es zwar nicht der erste Wurf, aber all ihre Erfahrung halfen ihr in diesem Moment wenig, wenn es an die physische Belastbarkeit ging. So schlug sie als glückliche Mutter die Augen auf, als Jaya hineinschaute. Auf dem Blätterboden neben sich räkelten sich 6 kleine Sabbermäuler in dem Bestreben, ohne Unterlass an ihr Gesäuge zu kommen. Jaya erschrak als sie feststellte, dass die Kleinen alle noch blind waren und sie nicht in ihre Augen sehen konnte. Samara erklärte ihr, dass es noch viele Monde dauern würde, bis sie ihre Augen aufschlugen(ca.2Wochen), gab ihnen aber schon Namen. Da waren Kai, Kustus, Kilif, Krobnig- die Rüden und Katinka, Klunja und Kavka- die Mädchen. Sie alle weckten auch in Jaya den Mutterinstinkt. Jetzt hieß es aber erst einmal Futter für Samara und sich selbst heranzuschaffen. Wieder einmal war ihr der Zufall günstig gesonnen. Als sie hinüber zu einem anderen Waldstück lief, hatte ein Bauer seine Ziege einsam und allein am Waldrand zum weiden festgemacht. Ihr waren zwar noch Czirpans Worte bezüglich des Viehes der Bauern im Ohr, diese Chance konnte sie sich nun aber beim besten Willen nicht entgehen lassen. So hatten sie also erstmal für zwei Tage zu fressen. Schwieriger war da schon das Trinken. Für diese Zeit vertraute Samara ihre Kleinen kurz Jaya an, war aber im Handumdrehen wieder da. Für Jaya wurden selbst diese kurzen Momente zu richtigen Bewährungsproben, denn obwohl die kleinen Milchmäuler noch blind waren, war ihr Bewegungsdrang schon intensiv ausgeprägt und nachdem sie bemerkt hatten, dass bei Jaya keine Milch zu holen war, hatten sie das Streben in diese Richtung aufgegeben. Sie durfte die Kleinen, egal ob bei Samaras Anwesenheit oder ansonsten, niemals aus den Augen lassen, denn es gab viele Feinde die nur darauf warteten, sich ihrer zu bemächtigen. Dazu zählten besonders alle Greifvögel, Iltis, Marder, Fuchs, Luchs und Dachs. Indem sie dem Gebirge immer näher gekommen waren gab es zwar neue Arten von Beutetieren, aber wie gesagt auch von Feinden. Es wird zwar oft berichtet von Kämpfen Wolf gegen Bär, das waren dann aber sehr starke und ausgereifte Rudel. Daran wollten die beiden Fähen jetzt aber absolut nicht denken. Zum Glück vergingen die ersten zwei Wochen bis die Kleinen ihre Augen öffneten, wie im Fluge. Dafür wurden sie jetzt umso neugieriger und Jaya wusste jetzt wo der Spruch vom „Sack Flöhe hüten" her kam. Samara war da einfallsreicher, auch weil sie die besseren Geschichten erzählen konnte. Nach wie vor wechselten sich Samara und Jaya mit dem Nachwuchshüten und Jagen ab. Es gab nur einen Unterschied. Zu ihrer Beute zählten immer weniger größere Tiere und dafür gaben sie sich auch mal mit einer Maus, Ratte oder einem Maulwurf zufrieden. Das machte zwar nicht satt, erzeugte aber ein gewisses Sättigungsgefühl. Das war besonders für Samara notwendig, da sie zusätzlich die unersättlichen Milchmäuler bedienen musste. So überließ Jaya ihr auch mal ganz eine durch Glück erbeutete Wildente. Eines Nachts passierte es dann trotzdem. Krobnig hatte sich nur einen halben Meter davongerollt, der ihm zum Verhängnis wurde. Ein Marder war so schnell da und auch wieder mit ihm weg, das jedes Eingreifen zu spät war. Nun lagen die Beiden mit dem Rest des Nachwuchses tief deprimiert einen ganzen Tag handlungsunfähig auf ihrem Lager herum und hatten jede drei der Kleinen fest an sich gedrückt. Es würde sicherlich noch ein paar Tage dauern, bis sie über diesen Schicksalsschlag hinweg waren. Jaya entschloss sich als Erste für Abwechslung in ihren Gedanken zu sorgen. Sie übergab ihre kleine Welpenschar Samara und ging auf Jagd. Jedenfalls sagte sie das, um sich selbst irgendwie zu rechtfertigen. Umso erstaunter war sie, ein krankes, lahmendes Stück Rotwild auf Anhieb zu finden und zu erlegen. Das größere Problem an der Sache war da schon der Transport. Deshalb beschloss sie, es erstmal gut zu verstecken, sich selbst ordentlich den Magen vollzuschlagen und dann Samara hierhin zu führen. Das Erstere klappte schon, aber als sie wieder bei Samara war wollte die natürlich ihre Kleinen nicht solange unbeaufsichtigt lassen. So blieb Jaya also bei den Kleinen und Samara versuchte entlang der von Jaya extra deutlich gelegten Duftspur zum Ziel zu gelangen. Samara war noch keine 100 Meter weg, als sie einen stärker werdenden Lärm hörte, der sie zur sofortigen Umkehr bewegte. Ein streunender Hund hatte sich den Kleinen genähert und Jaya hatte sich ihm ohne zu zögern entgegen geworfen. Da der Hund eine kleine Giftkröte war, hatte sie es mit ihm doch nicht so leicht, wie man auf den ersten Blick hätte meinen können. Gegen zwei hatte er aber keine Chance und so konnte Samara erneut einen Anlauf zum Fressen starten. Bald fand sie auch die Stelle und gönnte sich keine Pause. Sie fiel mit Heißhunger über das frische Fleisch her. Es war auch allerhöchste Zeit, denn das verschiedenste Waldgetier hatte sich bereits zur Mahlzeit eingefunden. Sie nahm noch einen Schluck frischen Wassers aus dem nahe gelegenen kleinen Bächlein und machte sich in Windeseile auf den Rückweg.

27.2. Erste Blicke

So kam der ersehnte Tag, an dem die Ersten der Kleinen ihre Augen aufschlugen und in das helle Erdenlicht blinzelten. Jaya war regelrecht aus dem Häuschen und Samara musste sie stark zügeln, sonst hätte sie Eines nach dem Anderen umhergetragen, um ihnen die Welt zu zeigen. So half sie der Mutter aber erst einmal bei der Pflege der Winzlinge mit Hilfe der Zunge. Wer wusste schon, wozu diese Erfahrungen einmal gut waren. Für die Kleinen war es nicht nur die Fellpflege, sondern diente auch besonders der Verdauungsregulierung. Jaya war jetzt ansonsten den ganzen Tag unterwegs, um das Fressen für Samara und sich aufzutreiben. Als sie eines Tages zurückkehrte, ließ sie das mitgebrachte Stück Hasenfleisch schnell fallen, als sie kurz vor den Kleinen eine Schlange im Blattwerk entdeckte. Als sie zugebissen hatte, kam ihr erst zu Bewusstsein, dass es sich um eine Kreuzotter handelte, deren Gift genügt hätte sie selbst und alle anderen zu töten. Sie warf den Kadaver so weit wie möglich weg und durfte sich von Samara anerkennende Worte abholen. Schlangen gehen nämlich selbst Wölfen wenn nur irgend möglich, aus dem Wege. Die Reaktion von Jaya war also in erster Linie auf ihre mangelnde Erfahrung und den Überraschungseffekt zurückzuführen. Das sollte aber keineswegs ihre Leistung schmälern, denn selbst Samara hätte nicht gewusst, was sie hätte tun sollen, wenn die Schlange näher gekommen wäre. Jetzt waren die Beiden bestrebt, ihre Nervosität nicht auf die Kleinen zu übertragen. Also ging man zum normalen

Tagesrhytmus über. Die Kleinen gediehen prächtig und fingen sogar schon an ab und zu mal an einem rohen Stück Fleisch zu lecken

27.3.Erste Schritte

Dabei merkten sie gar nicht, wie die Zeit verging und wurden ganz schön stutzig, als das Erste der Kleinen sich entschloss, seine Umgebung zu erkunden. Jetzt mussten sie nicht nur aufpassen, dass niemand ihrem Unterschlupf zu nahekam, jetzt galt es auch noch den Ameisenschwarm kleiner Krabbelwölfe zusammenzuhalten. Richtig laufen konnte man das beim besten Willen nämlich noch nicht nennen. Es sah mehr aus wie Frösche, die auf dem Trockenen ihre ersten Schwimmzüge üben. Dennoch kamen sie irgendwie vorwärts,.Um den Bewegungsdrang der Kleinen in geordnete Bahnen zu lenken, beschlossen die Zwei einen „Gruppenausgang" der Kinderstube. Die ersten zwei schrägen Meter holte Jaya sie aus dem Bau und gab die Richtung vor. Samara nahm sie unten in Empfang und stellte die Marschordnung zusammen, dass die Behäbigen voran und die Flinken hinterher liefen. Trotz ihrer Jugend waren schon die unterschiedlichen Charaktere klar auszumachen. So bedurften Klunja, Kavka und Kalif immer erst einer Erinnerung, dass sie noch munter waren. Dagegen musste man Kustus, Kai, Jadwiga und Kilif ständig zügeln und im Auge behalten. Nachdem der Haufen „kleiner Teddybären die ersten fünf Meter bewältigt hatte, waren sie auch völlig entkräftet und mussten sich dringend an Mutters Brust stärken. Lange ging das sowieso nicht mehr gut, denn bei fast allen bahnten sich die ersten Zähne ihren Weg ins Gebiss und so hatten sie bereits angefangen, die Nesthäkchen an etwas Handfestes heranzuführen. Obwohl sie es von ihren zwei Müttern ordentlich vorgekaut bekamen, stellten sie sich noch etwas „unbegabt" an. Samara erklärte Jaya, dass es noch sehr viel Geduld bedürfe bevor die kleinen Bündel im wirklichen Leben angekommen waren. So richtig wollte das Jaya gar nicht glauben, denn gerade in diesem Moment musste sie einen Riesensatz machen um einen Ausreißer einzufangen. Es war aber bestimmt nicht falsch die Erziehung der Kleinen voranzutreiben, denn bis zum Winter musste ihre Widerstandsfähigkeit gestärkt sein. Samara und Jaya wollten bis dahin auch in einen neuen Bau, an dem sie schon fleißig an einem benachbarten kleinen mit Eichen bestandenen Hangabwechselnd arbeiteten, umziehen. Sie hofften auf einen größeren

Wachstumsschub, denn nach dem Winter mussten sie gerüstet sein, um mit Czirpan den Rückweg anzutreten. Allein diese Aussicht ließ sie so manchen Tag bis ans Ende ihrer Kräfte bauen, jagen und erziehen. Dabei hofften sie nur, nicht von den Menschen wahrgenommen zu werden.

27.4.Einweihungsfeier/Luftkrieg

Hätten sie gewusst, wie es kommen würde, wären ihre Wünsche anders ausgefallen. Um zügig mit dem neuen Bau voranzukommen, hatten sie beschlossen mit der ganzen Bagage umzuziehen, so dass sie Beide zügig arbeiten konnten. Als erstes Problem stellte sich das mächtig gewachsene Gras dar, welches für die Knirpse fast undurchdringlich war. Außerdem hätte es bei dem Tempo der Kleinen wohl ein paar Tage bis zur Ankunft gedauert. Also machten sie es wie die Bodenbrüter. Sie suchten eine wenig einsehbare Bodenvertiefung, wohinein sie die Zwerge stapelten. Sodann packten sie sich jeder Eines und jagten im Eilschritt zum Ziel. Von da an liefen sie jetzt abwechselnd hin und zurück. Als es geschafft war, durften sie sich ein Stündchen ausruhen. Jaya musste jetzt, obwohl ihre Fußballen schon wund waren, mit dem Bau des Baues fortfahren. Samara hatte für sich die schwere Aufgabe der Jagd vorgesehen. Sie wollte heute unbedingt zwei Hasen auf Grund ihres zarten Fleisches für die Kleinen zur Strecke bringen. Anfangs lief auch alles nach Plan. Als sie vier bis fünf Mäuse als Testhappen für den Nachwuchs gefangen hatte, war sie schon fast zufrieden, außer dasein Eichelhäher ihr fast den letzten Nerv raubte. Es sollte aber noch schlimmer kommen. Endlich war mal ein Hase nahe genug an ihr Versteck gekommen, dass sie sich zutraute, ihn ohne lange Hatz zu erlegen. Als sie auf den Hasen zuschoss, war dieser plötzlich ganz weg. Ein Adler war wie ein Pfeil vom Himmel gestürzt und hatte ihn mit sich genommen. Als Samara zum Himmel blickte, gab sie die Jagd auf Niederwild für den heutigen Tag auf. Sie sah nämlich in großen Höhen mehrere Adler, Bussarde, Habichte und Milane schweben, die nur auf eine Bewegung am Boden warteten. Also nahm sie die Mäuse und lief zurück. Angekommen, wurde für die ganze minderjährige Familie zunächst Hausarrest ausgesprochen auf Grund erhöhter Luftgefahr. Als Zeitvertreib holte sie die Mäuse hervor, obwohl sie sich die emotionalen Freudenausbrüche wesentlich größer vorgestellt hatte. Nun waren die kleinen Krabbler wieder Jaya bei den Erdarbeiten im Wege. Kaum war Samara weg, hatte der Erste auch schon einen Haufen Lehmboden abbekommen und der Nächste versuchte eine Rutschpartie ins Loch. So konnte es also beim besten Willen nicht weiter gehen. Jaya spielte jetzt vorerst die Ganztagskindergärtnerin und Samara war im Erd-, Schacht- und Tiefbau beschäftigt. Damit erreichten sie die Fertigstellung des Baues innerhalb von einer Woche. Im Eiltempo wurde er jetzt noch mit Ast- und Blattwerk, Moosen und Farnen ausgekleidet und die Zwergenfamilie einquartiert. Dies allerdings noch ohne Samara oder Jaya. Die Beiden liefen zunächst zum nahe gelegenen Quell, um mit einem kühlen Schluck den Einzug zu feiern. Der war gerade noch rechtzeitig gekommen. In der folgenden Nacht fielen die Temperaturen deutlich und es fing an zu schneien. Für die Kleinen war Schnee natürlich etwas total Unbekanntes, was umso interessanter war. Als sie erst herausgefunden hatten, dass man ohne Blessuren hineinfallen konnte, waren sie kaum noch zu halten und Samara musste ein paar ernsthafte Ordnungshiebe verteilen um die Ordnung wiederherzustellen, die entsprechend ihrer Größe und ihrem Alter schon etwas kräftiger ausfielen. Da sie nun schon etwas größer waren, musste in ihnen auch der Jagdtrieb geweckt werden und Samara kam auf die Mäuse zurück.

27.5.Fang die Maus

Also machte sie sich auf den Weg, solche zu besorgen. Als sie am Berghang auf der Lauer lag und bereits 5 Mäuse ihr Eigen nannte, fiel ihr Blick auf die vielen frischen Spuren im Schnee und einige Erdlöcher, die eindeutig Kaninchen zuzuordnen waren, die sich ihren Bau in den seichten Abhang gebaut hatten. Mit neuen Ideen im Kopf lief sie schnell zu ihrer Höhle zurück. Indem sie mit Jaya jeweils eine Maus am Schwanz packten, was gar nicht so einfach war und vor den Jungen langzogen, mussten diese versuchen, sie mit den Pfoten und dem Fang zu bekommen. Wieder erlahmte das Interesse recht schnell, worüber Samara und Jaya auf Grund ihrer Kreuzschmerzen nicht allzu unglücklich waren. Jetzt zog Samara den nächsten Plan aus dem Hut.

27.6.Wolf ärgere dich nicht

Sie wollte das Reaktionsvermögen der Kleinen vor den Kaninchenbaulöchern üben. Also gab es für die Halbstarken begrenzten Ausgang nach links. Als sie auf die Spuren im Schnee stießen, machte sich zumindest ihr Hunger bemerkbar und sie erkannten etwas Fressbares. Jetzt erläuterte und zeigte Samara ihnen noch, wie man sich auf die Lauer legt und was man tut, wenn die Beute sich sehen lässt, so ähnlich wie bei den Mäusen, nur, dass der Fang diesmal schneller und kräftiger zupacken muss. Wieder war es zum Haare raufen, denn Samaras Vorführungen und Erklärungen wurden von den Kleinen nur mit einem Lachen beantwortet. So konnte es wirklich nicht weitergehen. Deshalb zogen sich Samara und Jaya fürs erste einmal zurück und ließen die Jungs und Mädchen mit ihrem Hunger und den Kaninchen einfach allein. Zunächst änderte sich recht wenig. Als aber zwei kleine Kaninchen ihre Köpfe aus dem Bau steckten, erregte das doch das allgemeine Interesse. Als diese nun sogar hinauskamen und hinweghoppelten, stürzten alle auf einmal auf sie zu. Das Endergebnis war ein bunter Haufen zappelnder und quietschender kleiner Wölfe. Dadurch wurden natürlich sofort Samara und Jaya auf den Plan gerufen. So packten sich Beide den Erstbesten, den sie zu greifen bekamen und verfrachteten ihn mit kühnen Schwung und Flug ein paar Meter beiseite. Jetzt blieben sie auf der Lauer liegen und nach einer Stunde hatten sie stolze fünf Kaninchen erbeutet. Beim Ausweiden gaben sich die jungen Wilden diesmal schon sehr interessiert und gierig nach den besten Innereien. Mittlerweile konnten sie auch schon mit ihrem Fang richtig zufassen und waren recht flott auf den Läufen. Das brachte mit dem einsetzenden Frühling die nächsten Probleme mit sich. Schon seit geraumer Zeit suchten sie auf Grund ihrer Größe den Bau nicht mehr auf und unternahmen aus Neugier Streifzüge. Dies zwar in der nächsten Umgebung, aber auch so weit, dass ein Zusammentreffen mit den Menschen bzw. ihren Haustieren nicht mehr völlig auszuschließen war. Samara und Jaya konnten und wollten sich gar nicht vorstellen, was passierte, wenn dieser Fall eintrat. Also waren sie bemüht, den kleinen Wuselhaufen durch ebenso kleine Aufträge in die andere Richtung zu lenken und da auch ständig den Fernbeobachter zu spielen.

27.7.Grenzen des Übermutes

Da sie jetzt richtig springen und laufen konnten und ihnen auch ihre mächtig gewachsenen Beine von der Länge her Unterstützung boten, waren sie mitunter so schnell, dass es das Auge nicht schaffte, sie beim Sprung von Busch zu Busch zu begleiten. Schließlich passierte es auch wie im richtigen Leben, dass es mal in die Hose ging, auch wenn sie keine anhatten. Sie begegneten einem freilaufenden jungen Schäferhundrüden, der 2-3 Jahre älter war als sie und Kraft ihrer Wassersuppe mussten sie sich natürlich mit ihm anlegen. Schließlich waren sie ja zu viert und er allein. Als er zwei von ihnen in den Hals gezwickt und Kustus ein ausgefranstes Ohr verpasst hatte, kamen sie zu Mama gerannt, um sich zu beschweren. Samara war froh, dass der kleine Schäferhund nicht hinterherkam. Sie hätte beim besten Willen nicht gewusst, was sie mit ihm hätte anfangen sollen. Also gab es nur einen Gedächtnisklaps reihum, wenn auch einige sich zu Unrecht gemaßregelt fühlten. Kustus musste schon selbst zusehen, wie er mit seinem Ohr fertig wurde, denn außer einmal mit der Zunge darüber zufahren war beim besten Willen nichts zu machen.

27.8.<u>Schulausflug</u>

Um derartigen unliebsamen Vorkommnissen den Boden zu entziehen, beschlossen sie, mit der ganzen Bagage einen längeren Ausflug zu unternehmen. Am nächsten Tag also sollte es losgehen. Als alle schon bereitstanden, fehlte nur noch Klunja, die ihr Morgengeschäft noch nicht geschafft hatte und im Beisein der Anderen vor Scham erst recht nicht schaffte. So zogen sie los, um nach dem ersten Steinwurf auf Klunja zu warten, die jetzt auch zügig nachkam. Kai knurrte schon wieder:"

Immer diese Fähen!" Da keiner so richtig wusste, wo es überhaupt hinging, schauten sich Alle zunächst fragend an und dann Samara. Sie hatte in den letzten Tagen einen etwas größeren See ausfindig gemacht und diesen schon im geheimen als Ziel auserkoren. Sie gab also die Richtung vor und schon ging es weiter. Wenn Jemand die Truppe von Fernem gesehen hätte, wären ihm wahrscheinlich die Gesichtszüge vor Lachen entglitten. Vorn und Hinten ein durchaus stattlicher Wolf, dazwischen fünf zu groß geratene Zwerge mit hochgestellter Rute und aufrechtem, recht staksigem Gang. So kamen sie nach kurzer Zeit an den Ufern des Sees an.

27.9.Schwimmtraining

Zunächst tollten und planschten sie in der flachen Uferzone wie richtige Menschen herum und Jaya machte es auch höllischen Spaß, den Kleinen mit den Hinterpfoten eine volle Ladung Wasser entgegen zuschleudern. Erst als sie merkten, dass des Öfteren auch Schlick und Steinchen dabei waren, verloren sie schnell die Lust und suchten Schutz bei Samara. Als diese alle beieinanderhatte, ging es zum   eigentlichen Zweck der Übung über. Samara und Jaya gingen bis zur Brusthöhe ins Wasser und forderten Einen nach dem Anderen auf, zu ihnen hin zu schwimmen.

Außer ein, zwei Wagemutigen war das Unterfangen zum Scheitern verurteilt. So schnell gaben die zwei Mütter aber nicht auf. Sie schnappte sich jeder einen Delinquenten im Genick und gingen damit ins tiefere Wasser, wo sie ihn fallen ließen. Siehe da, der innere Trieb setzte sich durch und sie paddelten wie kleine Raddampfer davon. Jetzt mussten Samara und Jaya nur noch die Richtung vorgeben, damit sie nicht auf die Mitte des Sees zu drifteten. Jaya freute sich am meisten über die Ergebnisse, denn Keiner hatte so wie sie, mehr oder weniger gute Erfahrungen mit dem kühlen Nass gemacht. Fürs Erste sollte es das dann auch gewesen sein. Jaya und Samara überließen die Welpen kurz sich selbst und gingen in der Uferzone auf Entenjagd. Das Ergebnis war dann doch alles Andere als erwähnenswert, denn mit einer Ente trauten sie sich fast nicht zurück. Wenigstens reichte es um die Welpen im Rupfen von Geflügel zu unterweisen. Allerdings sahen die beiden Jäger von ihrem Fang auch nicht mehr als die Federn wieder. Die Kleinen schmatzten und niesten in einem fort und so beschlossen Samara und Jaya, sich mit der ganzen Familie auf die erste große Jagd zu begeben.

27.10. Der Schwanz im Heuhaufen

Sie hatten sich eine schöne große Wiese am Waldesrand ausgesucht. Eine Hälfte wurde mit Jaya als Treiber eingeteilt. Die andere Hälfte blieb bei Samara am Waldrand mit der Aufgabe, sich näherndes Wild zu stellen und zu erlegen. Da die Bauern noch dabei waren, das Heu in große Schwaden und Haufen zu bringen um es vor der nächtlichen Feuchtigkeit zu schützen, warteten alle noch gespannt am Waldrand. Als die ersten Nebelschwaden aufzogen, gab Samara das Signal zum Beginn. Jaya und ihr Team umgingen die Wiese im weiten Bogen um dann näherkommend vorzugehen wie beim schließen eines Sackes. So mussten sie auch aufpassen, dass das vorangetriebene Wild nicht wieder durch ihre Reihen nach hinten entfliehen konnte. Um diese Zeit waren aber noch keine Rehe zur Äsung hinausgetreten und so mussten sie sich mit drei, vier Hasen und zwei Fasanen zufriedengeben. Dabei waren die Kleinen schon stolz wie Bolle. So weit, so gut. Einen Hasen hatte Samara schnell in ihre Fänge gebracht und Jaya einen Fasan. Ein weiterer Hase kam aber aus dem geschlossenen Kessel nicht hinaus. Als Samaras Truppen vorrückten, versuchte er auf Teufel komm raus zu entfliehen und er sah als einzigen Ausweg den größten Heuhaufen. In der Gewissheit ihn nun endlich zu haben, stürzte die gesamte Mannschaft der Nachwuchskämpfer hinterher und Samara nahm den Hasen schließlich doch noch in Empfang, um ihn zu der anderen ruhmreichen Jagdbeute zu legen. Gerade wollte sie den Nachwuchs zum opulenten Mahl einladen, da merkte sie, dass Keiner mehr da war. Das Einzige was zum Vorschein kam war Jaya, die sich doch noch den zweiten Fasan geschnappt hatte. Die Beiden schauten sich reichlich verdutzt an. Jede Frage erübrigte sich von selbst. Als sie sich umsahen, erblickten sie einen in all seinen Festen erschütterten Heuhaufen, der kurz vor der Selbstauflösung stand. Fest stand nur, dass ihre Schützlinge in ihrem Jagdeifer dem Hasen ins Heu gefolgt waren und jetzt von selbst nicht mehr hinausfanden. Wie sollten sie es jetzt aber anfangen, sie wieder zu finden. Es schien so etwas wie die" Suche der Nadel im Heuhaufen" zu werden. Anfangs war wenigstens noch ab und zu ein Schwanzende zu sehen, das man schnappen konnte und den Delinquenten herausziehen. Nach dem Vierten war damit aber Schluss. Fest stand nur, dass sie es bis zum nächsten Morgen, wo die Bauern wieder das Heu ausbreiteten, geschafft haben mussten. Da hatte Jaya in ihrer Jugend den rettenden Gedanken. Ohne lange zu warten, oder zu beratschlagen, stürzte sie sich in den Heuhaufen und tobte sich einmal so richtig aus. Samara ließ sich nicht lange bitten und fand es schön wieder einmal Welpe sein zu dürfen. Nach einiger Zeit, in der das Heu nach allen Seiten geflogen war, standen sich 2 Fähen und 5 Jungwölfe gegenüber und schauten sich verwundert an. Wie auf Kommando lachten alle herzlich los, bis Samara zum Ernst des Lebens zurückrief. Das hieß für alle antreten, die Jagdbeute aufnehmen und Abmarsch zum Waldrand. Da angekommen, ließen sie sich Hasen und Fasane munden. Dies um so mehr, da die außergewöhnliche Bewegung für ausreichend Appetit gesorgt hatte. Nachdem das Ganze mit einem Schluck Wasser aus dem Teich auch noch hinuntergespült war, ging es schnurstracks zurück zum Bau bzw. Ruheplatz, denn in den Bau passten und wollten sie alle schon lange nicht mehr. Samara und Jaya waren mit dem Verlauf des heutigen Tages vollauf zufrieden, denn sie schienen ab sofort gewappnet für den großen Rückmarsch. Was den Jungen jetzt noch fehlte, waren Kraft und Ausdauer und daran wollten sie die nächsten Tage noch arbeiten. Das heißt, wenn ihnen Czirpan noch so viel Zeit ließ. Sie konnten ja nicht ahnen, wo er und Raslik abgeblieben waren. Nur ihr Gefühl sagte ihnen, dass er jeden Tag eintreffen konnte. Also waren die nächsten Tage für den Nachwuchs ausgefüllt mit Klettertraining am Hang und Lauftraining über längere Strecken. Samara und Jaya konnten stolz auf sich sein, denn sie hatten ganze Arbeit geleistet. Das endgültige Urteil würde die nächste Zeit über sie fällen. Konditionstraining war nicht für Jeden die unbedingte Erfüllung und so waren sie froh, ab und zu auch mal andere Lektionen auf dem Plan zu haben. Dazu zählten das Laufen über Baumstämme und das Anschleichen. Am beliebtesten, weil am wenigsten anstrengend, waren Lektionen über Beutetierarten und Rangordnung im Rudel.

Ende Kapitel 27 „Im Hinterland"- weiter bei Kap. 56. "Das Wiedersehen"

28. Lehrstunden

Ob es ein Fehler war, Raslik die Angst vor dem Feuer zu nehmen, würde sich erst im Laufe der nächsten Jahre zeigen. Jetzt waren sie aber erstmal getrocknet und frischen Mutes für weitere Erlebnisse. Die sollten auch nicht lange auf sich warten lassen. Sie wollten gerade wieder in ihren zügigen Eilschritt verfallen, als hinter einem Heuschober eine Schäferhündin hervortrat und sie um einen Gefallen bat. Sie heiße Litja, ihr Rüde wäre

letzten Winter gestorben und nun hätte sie
Niemanden, der für Nachwuchs sorgen
würde. Sie würde ihnen auch die Plätze der
Fangeisen zeigen, welche der Bauer ausgelegt
hatte. Da Czirpan sah wie Raslik das Wasser
im Maul zusammenlief, er aber keinerlei
Drang auf irgendwelche Tändeleien
verspürte, überließ er Raslik diese Aufgabe.
Der, als Jungrüde konnte sein Glück gar nicht
fassen und verschwand schnellstens mit der
Hündin hinter dem Schober. Als Czirpan
dann doch einmal nach dem Rechten schauen
ging, hatte er arge Probleme schnell von
seiner neuen Liebe abzulassen. Nun konnte
ihre Reise aber endlich weitergehen. Eines
musste man der Hündin lassen. Ohne ihr
Wissen über die ausgelegten Fangeisen,
wären sie sicherlich nicht halb so schnell und
gewiss nicht unversehrt über die nächste
Wegstrecke gelangt und vielleicht würde sie
unbewußt für eine neue Generation von
Wolfshunden sorgen.

29.Steinregen

Durch einen Zufall war ihnen ein einem Huhn
sehr ähnelndes Geflügel über den Weg
gelaufen. Sie stritten sich in den nächsten
Tagen noch öfters, ob Fasan, Birkhuhn, oder

Schneehuhn. Die Hauptsache war, sie konnten sich wenigstens einem Hauch von Sättigung hingeben. Bald würden sie auch mal etwas Ordentliches zu fressen brauchen, denn ihr Marsch verlangte einen enormen Teil Energie von ihnen ab. Da sahen sie unterhalb des Hanges einen Steinbock. Sie vereinbarten, dass Raslik ihn umgehen und von unten schräg aufwärts treiben sollte, wo Czirpan auf ihn lauern wollte. Soweit zum Plan. Raslik erfüllte seine Aufgabe auch vorbildlich. Der Steinbock kam auch direkt auf Czirpan zugesprungen. Als er ihn jedoch sah, lief er parallel zum Hang und Czirpan konnte ihm kaum folgen. Bei einem Täuschungsmanöver des Steinbocks riss dieser eine Kante lockeren Gerölls herunter und fast wäre Czirpan, wie der Steinbock mit in die Tiefe gerissen worden, konnte sich aber gerade noch abfangen. Als er sich von dem Schreck erholt hatte, hörte er Raslik von unten rufen. Der Steinbock war mit dem Geröll in die Tiefe gerissen worden und Raslik hatte keine Mühe dem schwerverletzten Tier den Rest zu geben. So machten sich also die Beiden glücklich über ihr Fressen her und waren froh, diese schwierige Bewährungsprobe bestanden zu haben.

30. Baumstamm-Mikado

Den höchsten Punkt des Berges vor Augen
liefen sie weiter voran, ohne zu wissen, nach
wem oder was sie eigentlich suchten. Zu ihrer
Linken war ein lang gestreckter Hang, auf
dem das letzte schwere Gewitter ganze Arbeit
geleistet hatte. Ein Großteil der Bäume war in
Manneshöhe abgebrochen und die Stämme
lagen kunterbunt durch- und
übereinandergestapelt. Da die
Abenddämmerung bereits hereingebrochen
war, beschlossen sie, erst einmal zu ruhen und
morgen mit frischen Kräften den Hang zu
nehmen. Am nächsten Morgen stellte sich das
auch als richtig heraus. Am Hang waren
Schreie und das Poltern von Baumstämmen
zu vernehmen. Sie machten sich also auf den
Weg nach oben, immer bedacht darauf, nicht
entdeckt zu werden. Forstarbeiter, waren mit
mächtigen Kaltblütern damit beschäftigt, die
Baumstämme zu rücken.
Die Pferde hatten Schwerstarbeit zu leisten
und dabei am Hang noch das Gleichgewicht
zu halten. Czirpan und Raslik waren schon
fast oben angelangt, als eines der Pferde sie
doch noch bemerkte und wild wurde. Das war
wie eine Initialzündung. Alle Anderen
drohten mit einem Mal auch durchzugehen
und dadurch rollten die Stämme Einer nach
dem anderen den Hang hinab. Das Ganze

ergab ein mächtiges Getöse, vor dem selbst Czirpan und Raslik den Schwanz einzogen und zusahen, dass sie Land gewannen. Schnell suchten sie im nächsten dichten Unterholz Deckung und beratschlagten ihr weiteres Vorgehen.

31. Badetag / Das Echo / Der Fall

Da die Geräusche der Waldarbeiter immer näher kamen, wollten sie so schnell wie möglich die in Sichtweite gelegene Schlucht erreichen. Czirpan würde vorauslaufen und Raslik mit dem „Ruf" Bescheid zum Folgen geben. So taten sie es auch. Czirpan hatte einige Mühe den Eingang zur Schlucht zu finden und
gleichzeitig die Waldarbeiter zu umgehen. Als er ihn gefunden hatte, ließ er den „Ruf der Wildnis erschallen und glaubte seinen Ohren nicht zu trauen als dieser aus allen Richtungen zurückgeworfen wurde. Er wusste nur, dass Raslik ihn nicht kannte und die Schlucht, an deren Eingang er stand, nur 3 Reflexionsseiten hatte. In ihm kam ein Gefühl der Hoffnung und Freude auf, wie er es nur von seinem Abschied als Wolfshund von den Menschen kannte.
Da traf ihn fast der Schlag. Aus der Schlucht jagte bei ihm ein so mächtiges Rudel kräftiger

durchtrainierter Wölfe vorbei, dass er es nicht schaffte, die Anzahl ihrer Leiber mitzuzählen. Auch würdigten sie ihn keines Blickes. Es war eine angespannte, fast gruselige Situation, in der er sich befand. Wäre nicht in diesem Augenblick Raslik erschienen und hätte seine Beobachtung bestätigt, hätte er tatsächlich an einen Tagtraum seines verwirrten Kopfes gedacht. Nun aber standen Beide da und holten erst einmal tief Luft. Dann nahmen sie all ihren Mut zusammen und begannen das Innere der Schlucht zu erkunden. Sie liefen bis ans hintere Ende, wo sich ein großer Wasserfall auf eine Steinplatte ergoss und einen kleinen Wildbach nährte. Obwohl Wölfe nicht gerade Wasserratten sind, beschlossen sie dennoch, fürs Erste den Staub und Dreck der vergangenen Monate aus ihrem dichten Fell zu spülen und tollten unter dem Wasser rum, wie die kleinen Welpen. Durch das kalte Wasser kamen sie auch schnell wieder zur Besinnung. Czirpan beauftragte Raslik, hier die Stellung zu halten und er werde schauen gehen, wo das gewaltige Rudel abgeblieben war. Kaum hatte er es gesagt, war er auch schon verschwunden. Raslik versuchte, indem er sich aktiv der Felltrocknung hingab, seine Angst in den Griff zu bekommen. So einsam und allein, auf noch dazu unbekanntem Terrain, war er sein ganzes Leben noch nicht

gewesen. Die Probleme hatte Czirpan nun
nicht, aber wie er so versuchte die Fährte des
Rudels aufzunehmen, war ihm auch nicht
ganz wohl in seiner Haut. Er folgte der Fährte
lange Zeit ohne Probleme bis in die höheren
Berglagen. Unterwegs fand er den Kadaver
eines Schalwildes und sättigte sich an den
verbliebenen Fleischstücken und Knochen.
Fast schon wollte er die weitere Suche
aufgeben und zu Raslik zurückkehren, als ein
Rotwildkalb vorbei sprang und er die Jagd
aufnahm. Er hatte durch das Tempo nicht mal
die Zeit richtig auf den Weg zu achten und da
passierte es. Im vollen Tempo geriet er in ein
Felsloch und fiel…fiel…fiel. Sein Aufprall
auf dem harten Felsboden wurde nur durch
etwas Moos und einige Knochenreste
aufgefangen. Als er zu sich kam und noch
ganz benommen umherschaute, bemerkte er,
dass er in einer großen Felsenhöhle gelandet
war. Etwas Licht fiel nur durch den Kamin
seines Falles und aus einer weit hinten
gelegenen Ecke herein. Jetzt erst fiel ihm auf,
dass das Rotwildkalb ebenfalls hinabgestürzt
war und seinen Aufprall mit gedämpft hatte.
Allerdings war es drauf und dran sein Leben
auszuhauchen. So gab ihm lieber Czirpan
schnell den Rest und tat seinem Magen einen
großen Gefallen. Als er noch einen Schluck
klaren Wassers aus dem unterirdischen
Bergsee genommen hatte, ging es ihm richtig

gut. Nur vermisste er schnell die frische Luft und den klaren Himmel und er begann über einen Ausweg aus seinem Verlies nachzusinnen. Er schaute sich die haufenweise herumliegenden Knochen an und kam dadurch eher noch mehr ins Grübeln. Die Knochen von Reh-, Rot-, Schalen- und Niederwild waren ihm ja bekannt. Hier waren aber Knochen, besonders des Schädels von solchen Ausmaßen, dass es ihn erschaudern ließ. Dem Gebiss nach zu urteilen, mussten es welche eines Bären oder noch größeren Tieres sein. Da ihn diese Spur also nicht weiterbrachte, entschloss er sich dem Lichtstrahl in der hintersten Ecke auf den Grund zu gehen. Zunächst ging es einfacher als er dachte. Zwar auf Knochen, aber recht zügig gelangte er in diese hintere Ecke, stand dann aber vor dem Bergsee. Einen Steinwurf entfernt zeigten sich die Konturen eines schmalen Felsentores. Czirpan rang mit sich selbst, denn freiwillig ins Wasser zu gehen um zu schwimmen, wo man nicht einmal wusste wie das Ziel beschaffen war, war noch nie sein Ding gewesen. Es war ja auch was Anderes als mal kurz im Fluss zu planschen. Jetzt, da ihm nichts Anderes übrigblieb, schwoll seine Brust vor Heldenmut an und er würde seinen Nachkommen noch ewig davon erzählen. Doch soweit war es noch nicht. Er stellte sich an den Rand und prüfte mit der

Pfote die Temperatur des Wassers. Nun setzte er noch schnell, wie er meinte seine letzte Duftmarke und stürzte sich in sein Verderben. Doch siehe da. Ein Fisch sah zwar anders aus, aber so schlecht war der Schwimmstil von Czirpan gar nicht. Wie schon erwähnt, war es keine äußerst lange Streck und so fühlte er bald eine etwas glitschige Steinplatte unter seinen Pfoten. Anfangs, blendete das durch den Spalt im Gestein hineinfallende Licht ein wenig. Die große Überraschung sollte aber erst noch kommen. Als er den Kopf ins Freie steckte, stand da Raslik wie angenagelt und als hätte er den großen Geist der Wölfe gesehen. Vor Angst und vor Aufregung bellte er sogar Czirpan an. Der konnte sich vor Lachen nicht mehr halten. Da standen sie nun beide im Trockenen hinter dem Wasserfall und bestätigten sich gegenseitig ihren Mut bei der Lösung des Rätsels um das Wolfsrudel aus dem Nichts. Obwohl Czirpan zur endgültigen Lösung noch ein kleiner Baustein fehlte. Denn, wie waren die Wölfe in die Höhle gekommen? Bestimmt hatten sich nicht alle hinunterfallen lassen. In diesem Augenblick wurde er von der Seite angebellt. Als er hinschaute stand da ein stattlicher ausgewachsener Wolfsrüde und stellte sich als Strabek, den König der Beskiden vor, wobei er die Frage zur Ursache für Czirpans Anwesenheit ohne Luft zu holen, folgen ließ.

Als Czirpan hinter ihm eine prächtige Fähe
und mehrere weitere Wölfe sah, verspürte er
keinen Geschmack, großspurig aufzutreten
oder ihn gar herauszufordern. Also stellte
auch er sich zunächst vor und erzählte, dass er
auf Steneks Spuren wandelte. Als dieser
Name fiel reagierte sein neuer
Gesprächspartner sehr ungehalten. Er sei
schließlich Steneks Urgroßenkel und lasse
nicht zu, dass jeder Dahergelaufene seinen
Namen ins Maul nehme. So entspann sich ein
lang andauerndes Gespräch, wobei Raslik von
den anderen Wölfen in Beschlag genommen
wurde und seine „Heldentaten" zum Besten
geben durfte. Im Anschluss forderte Strabek
seine zwei Gäste auf, mit ihnen durch die
weiten Wälder zu ziehen und etwas für die
knurrenden Mägen zu tun. Von da an ertönte
der „Ruf der Wildnis" von allen Seiten durch
die Wälder, Höhen und Schluchten. Selbst
Raslik hatte ihn kurzfristig erlernt und war
mächtig stolz nun ein „echter Wolf" zu sein.
Neben Strabek führte Klavka als die älteste
Fähe das Regiment. Sie und Strabek schauten
voller Stolz auf ihr starkes und fest
verbundenes Rudel. Da Strabek schnell
merkte, dass Czirpan weder ihm seine
Stellung als Leitwolf streitig machen, noch
etwas von Klavka wollte, sah er ihn als
willkommene Verstärkung und
Blutauffrischung in seinem Rudel. Er weihte

Czirpan ohne langes Bitten in das Geheimnis der Grotte unter dem Wasserfall ein. Dazu gehörte es, ihm den etwas höher gelegenen Eingang, der genauso wie der Zugang am Wasserfall nur gerade so schmal war, dass ihn ein Wolf passieren konnte, zu zeigen. Die trichterförmige etwas größere Falle, die stets mit neuem Reisig bedeckt wurde, hatte er ja bereits kennen gelernt. Allerdings traf das auch bereits auf viele Gruppen von Rotwild, Steinböcken und Dickhornschafen zu. So bestand der Hauptteil der Jagd in den überwiegenden Fällen in der Hatz und dem gezielten Treiben der Opfer. Das zur Strecke bringen in der Höhle, war meistens eine Frage der Zeit und der Art der Beute. Hinzu kam, dass die gleichbleibenden Temperaturen in der Höhle auch ein problemloses Zurechtkommen mit härtesten Wintern ermöglichten, obwohl sie es gar nicht nötig gehabt hätten. Kräftige Herbststürme zeugten jetzt auch vom unmittelbar bevorstehenden Wintereinbruch.

32.1 Bärenhatz

Eine Frage konnte sich Czirpan dann doch beim besten Willen nicht verkneifen, obwohl ihm seine Gastgeber in fast alle Rätsel und Eigenheiten des hiesigen Lebens eingeweiht hatten. Welchem Beutetier gehörte der mächtige, mit Reißzähnen versehene Schädel in der Höhle? Bei der Beantwortung dieser Frage druckste Strabek zunächst etwas herum, ehe er mit der Sprache herausrückte. Das es sich um einen Bärenschädel handelte sagte er frei heraus, aber wie sie den Bären zur Strecke gebracht hatten, war weniger ritterlich. Nachdem sie ihn in der Höhle hatten, getraute sich natürlich keiner in seine Nähe. So haben sie solange gewartet, bis er jämmerlich verhungert war und nur aufgepasst, dass nicht noch ein Futtertier in die Falle gerät. Mit Czirpans Verstärkung, müsste es doch mit dem Teufel zugehen, wenn sie nicht mal einen Bären waidgerecht erlegen könnten. Also wurde die Bärenjagd für den nächsten Vollmond festgelegt. Die Zeit war gerade günstig, da die Bären noch mal vor Wintereinbruch in die Täler hinab kamen um sich einen ordentlichen Winterspeck für ihren Dauerschlaf anzufressen. So rüstete sich das größte und stärkste Rudel, welches die Wälder auf Erden je gesehen hatten zum erbitterten Kampf auf Leben und Tod. Raslik war fast etwas sauer, nur zu den Treibern und nicht zu den Kämpfern zu gehören. Letztendlich siegte in ihm aber der Stolz an diesem Unterfangen, von dem noch Wolfsgenerationen sprechen würden, beteiligt zu sein. So verbrachte er die Wartezeit damit, den jungen Fähen

nachzustellen und sie mit Worten seiner
Kühnheit und Kampferfahrung zu umgarnen.
Je näher der, Zeitpunkt rückte, umso mehr
schweifte er in seinen Erzählungen in die
Beschreibung des Lebens in der Lausitzer
Heide ab.

32.2. Der Kampf

An diesem Morgen war alles anders. Über
dem Rudel lag eine gespannte Ruhe. Nur die
Jüngeren konnten ihre Aufregung nicht
verbergen und versuchten sich gegenseitig
Mut zu machen. Dann erscholl,
wiedergegeben von vielen Kehlen und
Felswänden ihr Jagdruf, der die Tiere und
Menschen im weiten Umkreis erschauern
ließ. Czirpan machte sich mit einem
beträchtlichen Teil des Rudels auf den Weg
ins Tal. Sie hatten die Aufgabe, den Bären zu
stellen und hinauf zu einem steilen Abhang zu
jagen. Dort würden Strabek und der Rest des
Rudels, zu dem auch Raslik gehörte, ihn in
Empfang nehmen. Czirpan würde ihn mit
seinen Kräften schließlich noch einmal in den
Rücken fallen. Sie hofften, dass der Bär sich
am Steilhang nicht würde halten können und
zu Fall kam. Dann wollten sie ihre
Beweglichkeit ausspielen. Ihr Trupp war

schnell im Tal angelangt, musste aber viel Zeit damit verbringen, zwei Menschensiedlungen zu umgehen. In diesen war der Jagdaufbruch der Wölfe nicht unbemerkt geblieben und sie hatten alle Hände voll zu tun, ihre dem Wahnsinn nahen Hunde zur Räson zu bringen. Dabei hatten Czirpan und seine Gefährten noch nicht einmal einen Bären ausfindig gemacht. Das sollte sich aber schnell ändern. Als sie an die Quelle eines kleinen Bachlaufes kamen, tat sich Meister Petz gerade am kühlen frischen Wasser gütig. Schnell näherten sie sich ihm von zwei Seiten, so dass ihm nur eine Ausweichrichtung verblieb und da er sich einem übermächtigen Feind gegenübersah, trat er ohne große Angriffsgelüste sofort den Rückzug in der gewollten Richtung an. Jetzt blieben sie, sich in der Führungsarbeit abwechselnd, ihm dicht auf den Fersen und reagierten auf jedes Ausweichmanöver. Einmal wurde es doch problematisch als der Bär eine Straße überquerte und sie auf Grund des Verkehrs warten mussten. Raslik hatte es aber geschafft dran zu bleiben und so wussten sie wenigstens immer den Standort. Nun machte es ihnen der Bär alles andere als leicht. Als ihm einer der tatendurstigen Jungwölfe zu nah kam, drehte er sich urplötzlich um und versetzte ihm einen mächtigen Hieb. Ehe sich dieser versah, flog er im hohen Bogen durch den lichten Tannenwald. Nicht nur das. Da seine linke Flanke stark zerfetzt und aufgerissen war, musste Czirpan ihn in Begleitung zum Lager zurückschicken. Für die Anderen war es eine Warnung zur rechten Zeit. Sie setzten die Hatz in unverminderter Intensität, aber größerer Vorsicht, fort. Mehrmals ließ Czirpan sich zurückfallen um die Richtung zu überprüfen und notfalls zu korrigieren. Nur gut, dass die zwei Fichten, die er sich als Orientierungspunkte ausgesucht hatte, am ansonsten kahlen Steilhang weithin gut sichtbar waren. So kamen sie dem Waldstück der „Entscheidungsschlacht" langsam näher. Ein ganz besonders mutiger Heißsporn konnte es sich nicht verkneifen, den Bären in sein in der Vorwärtsbewegung relativ ungeschütztes Hinterteil, zu beißen. Vom Gebrüll des Bären einmal abgesehen, welches ihm viel Beifall einbrachte, gab er auch den Lachern viel neuen Stoff. Da er nun das Pelzstück im Maul hatte, konnte er nicht einmal mehr die Zunge hinaushängen und er war mit ständigem Spucken und Niesen beschäftigt. Schließlich musste Czirpan seinen Trupp erstmal zur Ordnung rufen, um Zerfallserscheinungen und Leichtfertigkeiten zuvorzukommen. Da hörte er Strabeks Ruf der Wildnis und wusste, dass es jeden Moment zu Entscheidung des Unterfangens kommen würde. Er rief seinen

Trupp zusammen um sich etwas zurückfallen zu lassen und beantwortete den Ruf. Sie waren an dem entscheidenden Berghang angekommen. Der Bär, müde von der langen Hatz, erklomm jetzt Meter für Meter den Hang. Als er endlich oben angekommen war, erschienen urplötzlich Strabek und seine Mitstreiter vor ihm. Nun stellte er sich sich in seiner ganzen Größe auf seine Hinterbeine. Strabek gab das Signal zum Angriff und stürzte sich dem Bären entgegen. Da der Bär sein Gleichgewicht nicht sofort verlor, taten es ihm 3 weitere Wölfe seines Rudels gleich. Als der Koloss sich nach hinten neigte und zu Boden krachte, gab auch Czirpan das Angriffssignal. Jetzt stürmten alle au f einmal auf den brüllenden und um sich schlagenden Bären ein. Dessen Blutverlust war alsbald so hoch, dass sein Widerstand völlig erlahmte. So wurde er von dem im Blutrausch befindlichen Rudel kurzerhand in Stücke gerissen. Jetzt wurden selbst die Zurückhaltenden und Schüchternen mutig um ihren Teil Fleisch abzubekommen und ihren Namen mit dem größten Kampf der Wölfe zu verbinden.

33. Eine schwere Entscheidung

Nachdem die letzten Fleischfetzen und Knochen verteilt waren, ging es ans

Wundenlecken und die Aufnahme der Verluste. Klavka hatte das Kommando über das Rudel übernommen und kam zu Czirpan. Irgendwie waren ihre an sich schon grauen Kopfhaare noch grauer geworden. Sie erklärte dem Rudel, dass Strabek den Kampf nicht überlebt hatte und bat Czirpan die Rolle des Leitwolfes an ihrer Seite einzunehmen. Wieder einmal rangen viele Überlegungen in Czirpan mit sich. Einerseits war es für ihn eine große Ehre die Führung des Beskidenrudels zu übernehmen. Andererseits warteten viele Gefährten in der Oberlausitz auf seine Rückkehr. Dementsprechend zweideutig fiel seine Antwort aus. Klavka solle weiter die unumschränkte Leitwölfin sein. Er selbst werde zunächst an ihrer Seite für die nächsten zwei bis vier Monde das Rudel führen und dann seine endgültige Entscheidung treffen. Mit Klavka und einigen ausgesuchten Fähen werde er bis dahin für den Bestand und die Blutauffrischung des Rudels sorgen Jetzt entschied er erst einmal den Aufbruch des Rudels in Richtung der schwarzen Berge (Berggipfel der Hohen Tatra). Aufgrund der Größe des Rudels war der Weg sorgsam auszusuchen und mehrfach unterwegs zu korrigieren. Raslik und einige ältere Rüden bildeten die Nachhut, wobei er und Klavka an der Spitze liefen. So konnten sie beim Auftauchen jagdbarer Tiere jederzeit nach links oder rechts ausschwärmen, denn auch ständig zu Fressen wollte das Rudel haben. Das war ja der eigentliche Beweggrund ihres Marsches, neue Jagdreviere aufzutun. So wurde ihr Marsch also bald des Öfteren unterbrochen, denn sie tangierten die Lebensräume vieler Lebewesen. Waren diese einem Reh, Rotwild, oder Bergschaf verwand, wurden sie rücksichtslos zu Futter verwertet. Genauso schwierig war es für ein Rudel von 16 Wölfen einen geeigneten Ruheplatz zu finden. Klavka war ihm dabei eine große Hilfe, denn sie kannte noch Plätze früherer Wanderungen.

34. Intrigen

Bei einer dieser Ruhephasen schob sich eine Jungfähe, die auch zu Erhalt des Rudels vorgesehen war, immer näher an seine Seite. Anfangs dachte sich Czirpan nichts dabei und nahm es als das normale Liebesritual hin. Bald sonderte sie sich mit ihm auch etwas vom Rudel ab und Czirpan zeigte ihr was er konnte. Damit allein war sie jedoch nicht zufrieden. Sie versuchte alles ihn zu überreden sie anstelle Klavkas an die Spitze des Rudels zu stellen. Schließlich wäre sie mit die Erste, die von ihm gezeugten

Nachwuchs bekäme und das würden die anderen Rudelmitglieder akzeptieren. Czirpan glaubte seinen Ohren nicht zu trauen und erstarrte fast zur Salzsäule. Er kannte schließlich Klavkas Härte, Kompromisslosigkeit und Mutterinstinkt als Leitwölfin. Hier konnte er aber keine Zugeständnisse machen, denn es ging an die Bestandssicherheit des Rudels und Regeln, die seit Jahrhunderten galten. So befahl er ihr, sich noch einmal sattzufressen und dann sofort in Richtung der untergehenden Sonne im Eiltempo zu verschwinden. Sollte sie sich jemals wieder in der Nähe des Rudels sehen lassen, so wäre es ihr Todesurteil. Damit hatte er Klavkas Reaktion, nur in lebenserhaltender Form vorweggenommen. Als er Klavka davon berichtete sah er sich in seiner Meinung allseitig bestätigt. Nur gut, dass sie zurzeit andere vorrangige Probleme hatten. Über Nacht war der Winter mit einer Mischung aus Schnee- und Eisschauer hereingebrochen. Das Rudel lag steif und fest auf dem Lager, musste aber schnellstens in Bewegung versetzt werden, um die Muskulatur und Gelenke zu wärmen, bevor sie Schaden nahmen. Mit kräftigem Gebell bekam Czirpan schließlich auch den Letzten hoch. Erst jetzt bemerkte er, dass Klavka starke Beschwerden beim Laufen hatte. Beim genauen Hinsehen bemerkte er ihren stark vergrößerten Leib, der auf eine sehr weit fortgeschrittene Schwangerschaft deuten ließ. In diesem Zustand konnte sie unmöglich den kräftezehrenden Marsch fortsetzen. Er rief Raslik zu sich und beauftragte ihn Klavka zur Höhle zurück zu begleiten und bei ihr zur Umsorgung zu bleiben. Wie schon befürchtet wollte Klavka davon gar nichts wissen. Als nach den ersten schnellen Schritten des Rudels ihre Pfoten versagten, gab sie ihren Widerstand jedoch auf und ließ sich von Raslik" abführen". Der Zug eines solch großen Rudels Wölfe sorgte natürlich in allen betroffenen Geländeabschnitten und bei allen Kreaturen für helle Aufregung. Selbst bei den Menschen in den Bergdörfern, die so einiges gewöhnt waren, brach mitunter das reinste Entsetzen aus, wenn Waldtiere auf der Flucht, am hellen Tage die Dörfer überrollten. Sie stellten ernsthafte Überlegungen für Maßnahmen zur Abhilfe an und stellten erste Jagdtrupps mit Jägern aus dem ganzen Lande zusammen. Sie alle erzählten sich in den Kneipen die schaurigsten Geschichten vom schwarzen Wolf. Dabei verhärtete sich unter Kindern und Frauen sehr schnell die Mär von der kinderfressenden Bestie aus dem Wald.

35.Guter Wolf/schlechter Wolf

Diese Nacht war wie immer viel zu schnell vergangen. Dies betraf aber hauptsächlich die Ruhephase. Czirpan war wie so oft unter den Ersten die versuchten die Steifheit aus den gelenken zu schütteln. Er hatte es sich angewöhnt als Erstes einen Rundlauf um ihr Lager zu machen und von der nächsten Anhöhe ihren weiteren Weg auszuspähen. Als er so auf leisen Läufen durch den Wald lief, sah er ein kleines Mädchen beim Holzsammeln. Er ging leise näher, legte sich hin und gab ganz leise Winseltöne von sich, so dass sie auf ihn aufmerksam wurde. Sie kam ohne jedes Anzeichen von Angst näher und setzte sich neben Czirpan hin. Leise eine Melodie summend fuhr sie mit der Hand durch sein Fell und kraulte ihn am Hals. Czirpan hatte sich gerade daran gewöhnt und sich ganz entspannt ausgestreckt, da hörte er einen ohrenbetäubenden Schrei. Des Mädchens Mutter hatte sie erblickt und machte ihr die schlimmsten Vorwürfe. Als sie es dann noch mit sich fortschleifen wollte, konnte Czirpan nicht anders als sich vor sie zu stellen und böse zu knurren, welches schnell in ein eindeutiges Bellen überging. Das Mädchen flehte die Mutter an, den lieben Wolf mit nach Hause nehmen zu dürfen.

Diese blieb aber hartnäckig und sagte ihr, sie solle mit ihm zum Großvater am anderen Ende des Dorfes gehen. Sie wollte auf keinen Fall einen Wolf bei sich auf dem Hofe haben, sonst dachten die Nachbarn noch sie sei eine Hexe, oder mit dem Teufel im Bunde. Das Ganze war Czirpan eigentlich egal. In seinem tiefsten Inneren sehnte sich etwas nach menschlicher Wärme. So trottete er lammfromm neben dem Mädchen her. Alle die die Zwei sahen, fragten sich, wo Rotkäppchen denn mit dem Wolf hinwolle. Zum Glück war der Weg nicht allzu lang, sodass keiner auf dumme Gedanken kommen konnte. Großvater war ein im Alter ergrauter Mann, dem man ansah, dass er in seinem Leben sehr viel erlebt hatte und an dessen äußerer Gestalt viele Ereignisse und Wetter gekratzt hatten. Als er die Beiden sah, konnte er sich ein kleines Kopfschütteln nicht verkneifen. Er stellte Czirpan eine Schüssel frischen Wassers hin und nahm das Mädchen auf seinen Schoß, worauf er gefragt wurde:"Sag mal Opa, hast du denn gar keine Angst vor dem Wolf? Die Anderen sagen nur ich dürfe an ihn ran und das wäre auch schon schwarze Magie." Der Großvater nickte einmal mit dem Kopf und holte tief Luft, dann antwortete er:"Marie, alle sind Lebewesen und Gottes Geschöpfe und so wie du mit ihnen umgehst, so werden sie es dir danken. Bei diesem Wolf kommen mir Erinnerungen an meine Jugendzeit. Damals wie heute führte solch ein mächtiges und prächtiges Tier das Wolfsrudel an. Kein Mensch getraute sich auf die Straße und alle Tiere wurden in Ställen und Scheunen verbarrikadiert. Nur mein Vater war schon immer ein in und mit der Natur lebender durchaus wagemutiger Mann gewesen. So hörte er auch nicht auf das Lamento der Nachbarn und ließ so wie immer seine Hunde frei herumlaufen. In dieser Zeit war unsere treueste Hündin Jadwiga einen ganzen Tag lang verschwunden. Danach kam sie in Begleitung des Wolfes zurück aufs Gehöft und sie bewachten das Anwesen bis an ihr Lebensende. Vorher schenkte sie aber noch8 Welpen das Leben, wodurch der Stamm der Wolfshunde entstanden war. Siehst du und dieser Wolf gleicht dem Damaligen zum Verwechseln."Damit hüstelte er nochmals und fuhr Czirpan durch die dicke Halskrause. Czirpan befürchtete schon, dass er die Spuren des früheren Halsbandes bemerkte und versuchte deshalb das Mädchen vorsichtig zum Gehen zu bewegen. Als sie sich zum Aufbruch rüstete, fiel ihm ein großer Stein vom Herzen. Einerseits schmeichelte es ihm mit Stenek verglichen zu werden, anderersets befürchtete er ein zu tiefes Eindringen in die Geschichte seiner Herkunft. So richtig behaglich war ihm auch nicht zumute. Was sollte er machen, wenn das Mädchen ihn mit hinunter ins Dorf nahm, oder sogar mit ihm hinauf in die Wälder wollte? Er hatte auf beide Möglichkeiten keinerlei Antwort. Diese sollte aber schneller kommen, als Beiden lieb war. Sie begegneten einem dieser jagdeifrigen Trunkenbolde. Der versuchte seine Büchse von der Schulter zu nehmen um auf Czirpan anzulegen. Dabei verhätterte er sich so stark im Trageriemen, dass er zu Fall kam und in seinem Vollrausch nicht mehr hochkam. Marie nahm ihm schnell die Patrone aus der Büchse und Czirpan lief so schnell, wie schon lange nicht mehr, hinauf in den Bergwald um sein Rudel zu warnen. Was er dann tun sollte wusste er jedoch noch immer nicht und in seinem Kopf überschlugen sich die Gedanken. Er wusste nur, dass es auf jeden Fall falsch war, sich auf eine direkte Konfrontation mit den Menschen einzulassen. Das hieß, so wie es schon Generationen vor ihnen getan hatten, dem Menschen aus dem Wege zu gehen. Er war so innerlich aufgewühlt, dass er fast gegen einen Baum gelaufen wäre. So kam er schnaufend, mit heraushängender Zunge beim Rudel an. Das hatte ihn schon erwartet. Ein aus einem anderen Rudel zugelaufener Rüde namens Tronjak führte das Wort und wollte als erstes wissen, wo er denn nach so langer Zeit endlich herkomme. Nun hatte Czirpan nicht die Zeit ihn in die Schranken zu weisen. Deshalb tat er so, als hätte er ihn gar nicht richtig mitbekommen. Er erklärte dem Rudel kurz die prekäre Situation in der sie sich befanden und teilte ihnen mit, dass sie umkehren und zurückziehen würden. Wieder erhob Tronjak die Stimme und beschimpfte Czirpan als Feigling und er würde an der Spitze des Rudels weiterziehen in die winterlichen Jagdgründe, wie es schon Generationen vor ihnen getan hatten. Er rief alle „tapferen Jäger" auf, an seiner Seite zu kämpfen. So war das Rudel schnell in zwei Parteien geteilt. Czirpan zog mit dem größeren Teil zurück und Tronjak weiter, geradeaus ins Verderben. Czirpan rechtfertigte sein Handeln nochmals vor sich selbst. Der gedemütigte Trunkenbold würde es sicher nicht auf sich beruhen lassen. So zogen sie zügig, aber nicht im Eiltempo wie hinwärts, zurück. Sie waren noch nicht von Mittag bis zur Dämmerung gelaufen, als sie den Lärm mehrerer abgefeuerter Waffen hörten. Reflexmäßig legten sich Alle erst einmal mit eingezogenen Köpfen nieder. Es dauerte nicht lange, da kam eine Jungfähe im vollen Lauf von Vorn und ließ sich erschöpft zu Boden fallen. Sie berichtete von einem blutigen Massaker, dem sie als Einzige entkommen sei und bat sie in Czirpans Rudel aufzunehmen. Den Anderen war das natürlich nicht entgangen und sie fanden anerkennende Worte für Czirpans Weitsicht und Qualitäten als Leitwolf. Andererseits stand allen der Schreck ins Gesicht geschrieben. So knapp war noch Keiner von ihnen dem Tode entronnen. Jetzt hieß es aber voranschauen und in diesem Falle zurücklaufen. Sie hatten sich schnell geordnet und mit zügigen Schritten begann der Rückmarsch. Die jüngeren Rüden sicherten wie gehabt die Flanken und jagten zufällig aufgestöbertes Wild. So konnten sie aufgestaute überschüssige Energien abbauen und sich gleichzeitig nützlich machen, sowie Erfahrungen sammeln. Czirpan interessierte eigentlich wesentlich mehr, ob Raslik mit Klavka heil angekommen waren und es dem Nachwuchs gut ging. Unbeabsichtigt verschärfte er deshalb das Marschtempo, so dass sie bald das gewohnte Revier erreichten. Angekommen, ließ Czirpan das Rudel vor der Höhle lagern und begab sich zunächst allein hinein. Klavka kam ihm entgegen und flehte ihn an, ihr und den Kleinen nichts zu tun. Sie werde auch schnellstens diesen Ort verlassen. Czirpan wusste zwar warum Klavka um ihr und der Kleinen Leben bangte, aber er dachte nicht im Entferntesten daran, dem Nachwuchs, auch wenn es nicht sein eigener war, etwas zu leide zu tun. Das sagte er

115

Klavka auch frei heraus, obwohl sie es nicht gleich begreifen konnte. Als er Raslik noch anwies sich weiter um sie zu kümmern, verstand sie endgültig die Welt nicht mehr. Um letztendlich jedem zu zeigen, wie er zu den Welpen stand, erhielten sie ebenso wie die von Samara, den Beinamen „vom Ruf der Wildnis". So gab es also selbst in der Natur des Wolfes noch Abschnitte einer unvollendeten Evolution. Er selbst näherte sich den 7Kleinen mit äußerster Vorsicht, bedrängte sie nicht und liebkoste Eines nur mit seiner Zunge. Außerhalb der Höhle war jetzt der Winter mit aller Härte hereingebrochen, doch zur Jagd, wenn auch zur Vereinfachten, mussten sie hinaus. Selbst dann war der Erfolg nicht garantiert, denn die Beutetiere mussten auch durch den mitunter recht hohen Schnee bis zu Falle gelangen. Für den Nachwuchs wollte Czirpan außerdem einen Hasen erjagen. Soviel Freude wie beim jugendlichen Spiel machte die Jagd bei hohem Schnee allerdings nicht. Mit viel Glück hatten sie auf einer benachbarten Bergwiese aber doch noch einen Hasen aufspüren und erjagen können. Czirpan gab ihn einem mit ihm laufenden Jungwolf zum tragen um für alle Fälle freie Pfoten und Fänge zu haben. Das sollte schon alsbald eintreten. Am Waldrand tummelten sich zwei Eichhörnchen und diesmal war Czirpan der

Schnellere. In ihm überschlugen sich Gefühle von Freude und Genugtuung, seinen „Erzfeind" besiegt zu haben. Dabei war es noch zarteres als Hasenfleisch für die Jungen. Nun konnte er mit stolzgeschwellter Brust heimkehren. Zu allem Überfluss konnte der Rest des Rudels noch eine lahmende Hirschkuh in die Falle treiben. Als sie mit ihrer Beute in der Höhle angelangten war die Stimmung im ganzen Rudel auf dem absoluten Höhepunkt. Die Verluste der vergangenen Tage schienen vergessen. Klavka betonte immer wieder, dass er der Richtige an ihrer Seite sei und ob er nicht für immer bleiben könne. Czirpan hielt aber in seiner Aussage fest, dass er mit Einbruch des Frühlings das Rudel verlassen werde und zurückkehren.

36.Mensch in der Falle

So vergingen die Tage für das Rudel mit vor sich hin dösen. Plötzlich kam Bewegung in die daliegenden Leiber. Es war ein lauterer Knall zu hören der von etwas stammte, was in die Falle geraten war. Auch Czirpan sprang flink zu jenem Ort. Was er sah, wollte er gar nicht so recht begreifen. Ein kleineres fülliges menschliches Wesen hatte nicht aufgepasst

und war nun ein Stockwerk weiter unten
gelandet. Zum Glück hatte es einen großen
Sack Tannenzapfen bei sich, die den Fall
etwas abgedämpft hatten. Aber was war das?
Den kannte er doch. Es war Marias Großvater
und er musste sich schnell vor ihn stellen,
damit die tobende Meute ihn nicht in Stücke
riss. Dazu war es auch notwendig seine
gesamte Autorität auszuspielen. Erst recht, als
Großvater ihn noch über den Kopf streichelte.
Wie konnte ein Wolf sich auch von einem
Menschen derart demütigen lassen. Eisern
wies er das Rudel in die Schranken und
betonte immer wieder, dass die Welt groß
genug sei, um beide Spezies nebeneinander
leben zu lassen. Dennoch fühlte er, sei es
besser den Großvater hinauszubringen, um
die aufgeheizte Stimmung nicht noch weiter
zu verschärfen. Mit einem Stups mit der
Nase, wies er dem Großvater die Richtung
und bat ihn zu gehen. Ohne weitere Probleme
marschierten sie am Rudel vorbei ins Freie.
Großvater fuhr ihm noch mal mit der Hand
durchs Fell und machte sich mit einem Gruß
auf den Heimweg. Czirpan kam es vor, als
würde er sich nach langer gemeinsamer Zeit
von einem guten Freund trennen müssen und
so sandte er ihm ein leises Bellen hinterher.
Als er in die Höhle zurückkehrte, war
schlechte Stimmung angesagt. Das lag aber

weniger an ihm, sondern an den knurrenden Mägen.

So wurde für den nächsten Morgen eine Großjagd angesagt, an der das ganze Rudel teilnehmen sollte. Dementsprechend groß sollte auch das Beutetier sein. Man einigte sich auf einen Hirschbullen. Die Jungwölfe sollten unter Rasliks Führung Jagd auf Dickhornschafe machen. Vorher würde die Nacht aber noch zur Ruhe genutzt.

37.Kampf mit dem Zehnender

Mit dem Morgengrauen waren Alle in Erwartung eines aufregenden Ereignisses auf den Pfoten. Czirpan ordnete die Angriffstrupps für eine erfolgreiche Hatz im Rudel. Sie wurden neben ihm von Raslik und Kristig, einem älteren Rüden geführt. So machten sie sich auf den Weg in Richtung des Waldrandes, wo das Rotwild auf vereinzelt schneefreien Flächen versuchte Gräser und Wurzeln zu finden, um sie abzuäsen. Als sie noch keine hundert Meter vom Waldrand entfernt waren, sahen sie, noch halb im Wald stehend ein Rudel Hirschkühe und einen prächtigen Zehnender. Czirpan ließ den Ruf erschallen und bekam von Raslik und Kristig die Antwort zum Beginn der Hatz. Der Hirsch war schon beim ersten Ton ausgebrochen, ohne nur im Entferntesten an seine Kühe zu denken. Die waren aber heut nicht das Ziel der Wölfe. Die hatten sich seitlich und von hinten dem Hirsch an die Fersen geheftet und hofften, dass er nicht zu lange durchhielt. Der Großteil von ihnen waren nämlich keine großen Ausdauersportler. Noch ging die Hatz aber fröhlich weiter. Sie versuchten den Hirsch in den Wald abzudrängen, denn da war er auf Grund seiner Masse und des Geweihes ihnen gegenüber im klaren Nachteil. Dazu musste Czirpan der den hinteren Trupp führte, Kristig und Raslik bremsen und beschleunigen. Nach einigen misslungenen Versuchen hatten sie endlich ihr Ziel erreicht. Im Wald wurde dem Hirsch aber schon der erste sturmgeschädigte Baum zum Verhängnis und er strauchelte. In diesem Moment hingen ihm auch schon zwei Wölfe an der Kehle. Da viele den Bärenkampf miterlebt hatten, ging es diesmal wesentlich überlegter und vorsichtiger zu. Czirpan stellte fest, dass der Hirsch keine reelle Chance hatte und man in Ruhe an die Verteilung der Beute gehen konnte. Die besten Innereien, wie Herz, Leber, Lunge würde er selbstverständlich Klavka und dem Nachwuchs mitnehmen. Sie mussten sich auch noch mal richtig satt fressen, denn so wie der Winter seinem Ende entgegen ging, so ging auch die Jagdsaison auf dicke Brocken zu Ende.

38. Sonderauftrag für Raslik

Als in der Höhle jeder an seinem Stück
Hirschkeule nagte, kam Czirpan gegenüber
Raslik auf die Schäferhündin Lidja zu sprechen.
Ihr Nachwuchs müsste jetzt eigentlich schon
recht ansehnlich sein. Raslik solle sich doch auf
den Weg machen und sie mit dem Nachwuchs
herbeiholen. Er hätte mit ihnen noch etwas ganz
Spezielles vor. Die Einzelheiten behielt er
jedoch für sich. Mit einem „Viel Glück" auf
den Weg ließ er ihn gehen. Wenn Czirpan
schon Wehmut dabei ergriff, so erst recht
Klavka, die sich an Raslik als Helfer an ihrer
Seite schon sehr gewöhnt hatte. Zum
nachtrauern hatte sie aber keine Zeit, den die
kleinen Großen verlangten nun schon täglich
ganzzeitig ihre volle Konzentration und
Zuwendung. In größeren Rudeln war es
durchaus nicht so, dass andere Fähen sich mit
um den Nachwuchs kümmerten, wenn nicht
gerade durch einen Todesfall der Mutter.

39 Frühlingsgefühle

Mit Einzug der ersten warmen Sonnenstrahlen,
bekamen auch die jüngeren unter den Wölfen

von den Menschen Frühlingsgefühle genannte
Anwandlungen. Um einer Ausuferung
vorzubeugen, besonders im Interesse der
genetischen Reinheit der Rasse, musste Czirpan
sich schnellstens etwas einfallen lassen. Anstatt
gegenseitiger Beißereien schickte er die Rüden
auf Jagd und die Fähen zur Reinigung unter den
Wasserfall. Bei ihrer Rückkehr wechselte er die
Aufgaben.

Er selbst gab sich auch einer intensiven
Reinigung hin und kümmerte sich um seine
Liebesverpflichtungen gegenüber Klavka.

40.Die deutsche Eiche

Durch Zufall stand am Eingang zur Höhle eine
schon in die Jahre gekommene Eiche, die den
Wölfen seit Generationen zur Orientierung
gedient hatte. Mit dem einsetzenden Frühjahr
und dem Auftauen der oberen Erdschichten
verlor sie immer mehr die Standfestigkeit und
drohte auf das Eingangsloch zu stürzen und
dieses dabei sogar zu verschütten. Czirpan und
die anderen sahen zwar das drohende Unheil,
sahen aber keinen Weg zur Abhilfe. Nach
einem kurzen Gespräch mit Klavka übernahm
diese das Kommando über das Rudel und
Czirpan machte sich auf den Weg ins Dorf. Da
er sich beeilt hatte, war er bald bei der Hütte
von Marias Großvater angekommen. Er zog ihn
ganz vorsichtig mit den Schneidezähnen am

Hosenbein als Aufforderung ihm zu folgen. Der alte Mann war zwar nicht mehr gut zu Fuß, aber nach einiger Zeit kamen sie trotzdem an der Eiche an. Hier setzte sich Czirpan davor und bellte die Eiche dreimal an. Großvater schien zu verstehen und begab sich auf den Rückweg. Nun konnten Czirpan und seine Getreuen nur der Dinge harren, die da kamen. Sie kamen aber bereits am nächsten Tag in Gestalt mehrerer Männer, bewaffnet mit Motorsägen, Beilen und Äxten. Czirpan hatte für das ganze Rudel absolutes Stillschweigen angeordnet und das Verlassen der Höhle bei Strafe untersagt. Nach kurzer Zeit gab es einen furchtbaren Knall, der vom zu Boden fallenden Baum herrührte. Dann taten die Sägen und Äxte ihren Dienst und alsbald war von der stolzen Eiche nur noch eine Baumscheibe zu sehen. Der Stamm wurde von zwei starken Kaltblütern zum Sägewerk geschleppt. Die taten zwar Anfangs etwas komisch, weil sie die Wölfe in der Witterung aufgenommen hatten, erfüllten ansonsten aber tadellos und ohne Probleme bzw. Zwischenfälle ihre Aufgabe. Czirpan schaute als Erster wieder, ob die Luft rein war. Und Allen fiel ein Stein vom Herzen, das alles so sauber über die Runden gegangen war. Einige lobten erst jetzt Czirpans weitsichtiges Handeln gegenüber dem alten Mann und immer mehr Stimmen wurden laut, die ihm antrugen, ihr Rudelführer zu bleiben. Klavkas Junge machten jetzt schon die ersten kleinen Ausflüge und Czirpan fühlte sich hier durchaus heimisch, aber er hatte Samara und den Anderen sein Wort gegeben. Sie würden schließlich auf ihn bauen und ein wenig Heimweh verspürte er auch. Noch war sein Werk hier aber nicht vollendet. Er erwartete jeden Tag die Rückkehr von Raslik.

41. Das neue Geschlecht / Wiedersehen / Inthronisation

Nach zwei weiteren Wochen vergebenen Wartens war es dann endlich soweit. Zwei aus seinem Rudel kamen aufgeregt von einem Streifzug zurück und berichteten, dass Raslik mit einer Horde unbekannter Hunde im Anmarsch sei und ein Nachtlager am Eingang der Schlucht aufgeschlagen hatte. Das musste sich Czirpan von Nahem ansehen. Er sagte Klavka Bescheid und verließ die Höhle über das Tor am Wasserfall. Im Freien hatte die Dunkelheit nun auch ihre Zeit angetreten. Da der Wind auch günstig wehte, konnte er sich relativ unerkannt der Gruppe sich nach Ruhe Sehnender nähern. Was er dann hörte, hätte ihn fast laut aufheulen lassen. Sagte doch wirklich eine Fähe zu Raslik:" Und kläff mich nicht so an!" In diesem Moment konnte er nicht anders, als seine Deckung aufzugeben. Aus ihm platzte es hastig und gebrochen heraus: "JJJ-aa-nn-aa!" Die Angerufene antwortete "Kläff mich nicht so an!" Als Raslik sah was jetzt geschah, glaubte er im Zirkus zu sein. Die Beiden saßen voreinander auf den Hinterpfoten und klopften sich ab wie ausgelassene Welpen. Beide wussten nicht, wie sie am besten ihre Wiedersehensfreude in Worte fassen sollten und dem Anderen das Wie und Warum zu erzählen. Deshalb zogen sich Beide für das Erste mal hinter den Wasserfall zurück und waren für Niemanden mehr zu sprechen. Der Einzige, der etwas Licht in die Angelegenheit bringen konnte, aber eben auch nur etwas, war Raslik. Der hatte jetzt aber ganz andere Sorgen am Hals. Als Erstes musste er Litja und ihre Jungen, an der Wolfshorde vorbei, in die Höhle schleusen. Zum Glück hatte Klavka den Zugang voll in ihrer Gewalt und was Raslik wollte, konnte nichts Falsches sein. Litjas Welpen waren zwar schon einiges größer als ihre eigenen, bekamen aber trotzdem ihre Ecke nicht weit von ihr. Eines bat sie sich aber aus. Raslik sollte nicht bei Litja, sondern bei ihr liegen. Kurze Zeit später erschien auch Czirpan mit Jana und freute sich über die eingezogene Eintracht. Da alle erst einmal fragwürdig schnüffelten und knurrten, zog er sich mit ihr in eine der hintersten Ecken zurück und erlaubte nur Klavka ab und zu nach ihnen zu sehen. Ansonsten waren die Geschwister glücklich sich wieder gefunden zu haben und hatten Gesprächsstoff für viele Tage, um die Zeit seit ihrer Trennung aufzuarbeiten. Unterbrochen wurden sie nur von Czirpans kurzen

Beutezügen zur Sicherstellung des Fressens für Klavka, Litja, deren beider Nachwuchs und nicht zuletzt für Raslik, Jana und sich selbst. Nach der anfänglichen Akklimatisierung ließ Czirpan keine Zeit verstreichen, um seine weiteren Pläne durchzusetzen. Er hatte beschlossen, Litja und deren Nachwuchs bei Maries Großvater unterzubringen. Jana sollte selbst entscheiden zwischen dem Leben im Wolfsrudel und als Hofhund. Also machten sich Litja und ihre Welpen bereit, ins Tal gebracht zu werden. Jana wollte erst ein- zwei Jahre bei den Wölfen leben und dann endgültig entscheiden, wohin sie ihr Weg führte. Sie wusste jetzt auf jeden Fall, wo und wie sie Czirpan finden konnte und immer willkommen war. Czirpan hatte lange Zeit mit Klavka über seinen Aufbruch gesprochen und so sehr es auch schmerzte, rückte der Zeitpunkt rasch näher. Sie waren sich aber einig, dass in diesem Fall nu Raslik in Frage kam, das Kommando als Leitwolf zu übernehmen. Er hatte in der langen Zeit des Zusammenseins mit Czirpan sehr viel von ihm gelernt und sich auch einen starken Platz im Rudel und vor allen Dingen bei Klavka erobert. Den Ausschlag gegenüber Kristik gab letztendlich Klavkas Wort, der er in der letzten Zeit sehr ans Herz gewachsen war, soweit das bei Wölfen möglich ist. Czirpan wünschte ihm also viel Glück und brach mit Litja und ihren Welpen in Richtung Dorf auf. In diesem Moment wussten alle, dass er in nicht allzu langer Zeit wieder da sein würde, um nach dem Rechten zu sehen. Litjas Welpen waren zwar inzwischen prächtige Junghunde geworden, aber je stolzer sie durch den Wald trabten, desto häufiger lagen sie auf der Nase. Litja half ihnen jedes Mal mit einer Geduld, wie sie nur Mütter aufbringen können, wieder auf die Beine. Als sie am Waldrand ankamen, verlor auch Czirpan die Geduld und er pfiff die Kleinen ein wenig an, sich endlich zusammenzureißen. Das war aber leichter gesagt als getan. Vielleicht gerade deshalb konnte Großvater sich ein Schmunzeln nicht verkneifen, als er die ganze Bagage kommen sah. Als Erstes erhielt Czirpan seine gewohnte Streicheleinheit, bevor er Litja und den Nachwuchs vorstellte.

Großvater war zwar erfreut über die ganze Rasselbande, machte sich als Erstes aber einen Kopf über deren Unterbringung und Verpflegung. In den Bergdörfern war der große Wohlstand nämlich noch nicht angekommen und nach wie vor Schmalhans Küchenmeister. Als Czirpan zum Abschied drängte, jammerten die Kleinen, weil sie sich eines wichtigen Schutzes beraubt fühlten.

Czirpan erklärte ihnen und Litja noch einmal, dass sie jederzeit Hilfe bei ihrem Vater Raslik Jana und Slavka finden würden. Als Großvater ihm zum Abschied nochmals durch das Fell fuhr und es leicht klopfte, hatte Czirpan ein überaus gutes Gefühl für die Richtigkeit dieser

Lösung. Auch wenn er es ihm nicht schriftlich geben konnte, so würden er und Marie schon für den neuen Bestand Tschechoslowakischer Wolfshunde sorgen. Raslik und Litja würden sicher auch noch ihren Teil dazu beitragen. So leckte er den Kleinen noch einmal über die Stirn und verschwand in der Fichtenschonung hinter dem Haus. Czirpan hatte es diesmal relativ eilig zurückzukommen. Irgendetwas in seinem Inneren sagte ihm, dass es im Rudel nicht ganz problemfrei zuging. Deshalb verschonte er diesmal sogar ein von der Hirschkuh getrenntes Kalb.

42. Palastrevolution / *Abschied*

Aus dem Eingang kamen ihm zwei Welpen von Slavka entgegen. Ihm selbst war der Zutritt durch einen Knäuel sich balgender Leiber fast völlig verwehrt.
Ihm blieb nur übrig, durch ein kräftiges Bellen und zwei gezielte Beißattacken auf sich aufmerksam zu machen. Von Innen kämpfte sich Klavka zu ihm durch und als sie beide endlich drin waren, wusste Klavka auch keinen richtigen Rat um der Lage Herr zu werden. Czirpan setzte sich majestätisch auf und ließ den „Ruf der Wildnis" erschallen. Schlagartig verstummte der Lärm und alle Augen waren auf

ihn gerichtet. Es war nun an ihm die richtigen Worte zu finden, um die Ordnung im Rudel wiederherzustellen. Nach einem kurzen Räuspern sagte er:" Ich, der Herr der Beskidenwölfe, werde in der Zeit, in der ich das Rudel noch führe niemals dulden, dass Geschöpfe ohne Namen Streit und Zwietracht hineintragen. Deshalb verbanne ich Kristik für immer aus den Wäldern der Beskiden. Sollte er sich nicht daranhalten, so sei er des Todes. Raslik aber nimmt ab diesem Moment meinen Platz neben Klavka ein und wird meine Gedanken, Prinzipien und Träume fortführen." In diesem Moment sprang Kristik vor und schrie: "Nur mir steht der Platz an der Spitze des Rudels zu und nicht einem Dahergelaufenen, wie Raslik. Jetzt musste Czirpan gegen seinen eigenen Willen hart bleiben. Er gab Raslik und Klavka ein Zeichen und ehe sich Kristik versah, konnte er nicht mehr sehen. Der Rest des Rudels zerfleischte ihn wie jedes beliebige Beutetier. Klavka war es zufrieden, denn Czirpan hatte die Ordnung im Rudel für lange Zeit nach dem er weg war fest zementiert und besonders ihr und Raslik einen großen Dienst erwiesen. Als sie ihn fragte, ob es das gewesen sein solle, nickte er nur und sie legten noch einmal die Köpfe übereinander. Beide wussten, dass sie seine Welpen unter ihrem Herzen trug und es wohl ein Abschied für immer war. So drehte er ihnen den Rücken zu und lief hinaus ins Freie. Hier ertönte noch einmal der „Ruf der Wildnis", des letzten großen Leitwolfes des Beskiden-Rudels und als aus den Bergen eine misslungene Antwort, die sich mehr anhörte, wie"Kläff mich nicht an", zurückkam, lächelte er und zog gemächlich seines Weges. Er hatte das letzte Rätsel seiner Herkunft gelöst und Sieger kennen keine Schmerzen. Jetzt konnte er in Ruhe und im Frieden mit sich selbst gehen. So trottete er, nicht nach links oder rechts schauend, vor sich hin

43. Die Falle

An einem Baum hängend erblickte er etwas nach Fleisch Aussehendes. Jetzt auf einmal siegte die Neugier über die Vernunft und er musste sich die Sache aus der Nähe betrachten. Er war keine zwei Schritte mehr von dem Baum entfernt, als es um ihn herum krachte und schwere Gittertore in die Arretierungen krachten. In diesem Moment brach für Czirpan eine Welt zusammen und er glaubte Samara, Jana, Raslik und all die Anderen nie mehr wieder zu sehen. Die Spritze, die ihn traf und in einen tiefen Schlaf versetzte, bekam er vor Verzweiflung gar nicht richtig mit. Ebenso wenig, dass er auf einen LKW geladen und weggefahren wurde. Um ihn herum lagen mehrere Wölfe auf dessen Ladefläche in einem äußerst komfortablen Käfig. An einer

Schutzhütte angekommen, wurden sie alle in ein weiträumiges Gatter mitten im Hochwald getragen.

44. Augen auf, es geht weiter

Kurz darauf öffnete Czirpan die Augen und war fürs Erste etwas benommen, so dass er sich mächtig zusammenreißen musste, um sich ein Bild von der neuen Umgebung und den anderen Wölfen zu machen. Er begriff sehr schnell, dass sie in einer Art großen Käfig zum Bestaunen eingesperrt waren. Nicht weit von Ihnen teilten Bären, Rotwild und Luchse das gleiche Los mit Ihnen. Jetzt musste er sich aber vorrangig um seine Artgenossen kümmern, die einer nach dem anderen wach wurde und kaum, dass sie zu sich gekommen waren, schon versuchten, einen Spitzenplatz in der Rangordnung durchzusetzen. Das ging Czirpan nun doch zu weit. Mit ein paar kräftigen Worten und Bissen verwies er die zumeist recht jungen Rüden und Fähen in die Schranken. Das hatte den Vorteil, dass sie selbst bei der Fütterung ohne weiteres Czirpan den Vorrang ließen. Für die Nacht hatten die Menschen ihnen eine große Hütte, die zum Stall umfunktioniert war, hingestellt. Während alle anderen darin nächtigten, zog Czirpan es vor, unter freiem Himmel an frischer Luft zu ruhen. Tags kamen unzählige Menschen um sie zu bestaunen, besonders viele Kinder, die dann mit dem Finger auf sie zeigten. Es waren sogar vereinzelte Kleinkinder dabei, die bei ihrem Anblick zu weinen anfingen. Das war es, was Czirpan besonders an seiner Lage störte. Ausgestellt zu werden, wie ein Zirkusaffe und sich nicht gegen die Blicke und Gesten der Menschen wehren zu können. Freilich drückte ihn auch die Zeit, denn er wusste, dass Samara und Jaya auf ihn warten würden. Da er spürte, dass ihn diese Gedanken in seiner Lage nicht weiterbrachten, schob er sie weit weg von sich.

45. Neue Pläne

Während die Anderen damit beschäftigt waren, gegenüber den Besuchern den bösen Wolf zu mimen, beschäftigten ihn Gedanken, wie er diesem Gefängnis entrinnen konnte. Dabei fiel sein Blick auf den Stall mit seinem etwas weiter vor stehendem Pultdach. Wenn er nur auf das Dach käme, würde alles andere wie von selbst laufen. Je länger er darüber nachdachte, umso mehr zweifelte er an sich selbst, dass er wie in der Jugend hochspringen, sich festbeißen und sich hochziehen konnte. Schließlich hatte der

Zahn der Zeit an ihm genagt und einige Kilo waren auch dazu gekommen. Eines war ihm von vornherein klar. Wenn er wirklich einen Ausbruch versuchen sollte, dürfte nichts und auch gar nichts schiefgehen, sonst wäre es besser sich gleich in das Gehege der Bären zu begeben. Er wäre aber nicht Czirpan gewesen, um an dieser Stelle zu kapitulieren. So erspähte er zuerst die Richtung, in der sein Sprung vom Dach über den Zaun erfolgen musste, um nicht wirklich aus Versehen bei den Bären, sondern in der Freiheit zu landen zu landen. Auch die Zeit wollte wohl bedacht sein, denn außer den Besuchern kamen auch die Pfleger in regelmäßigen Abständen, und das nicht nur zur Fütterung. Selbst in der Nacht war öfters mal Betrieb, wenn es sich um Arbeiten handelte, wo das Publikum im Wege war, bzw. die es nicht mitbekommen sollte. Soweit hatte Czirpan nun alles bedacht und das Unterfangen für den folgenden frühen Morgen festgelegt.

46. Die Flucht

In dieser Nacht hatte er lange keine Ruhe gefunden und als kurz nach Mitternacht die ersten Vögel ihr Frühkonzert begannen, war er bereits auf den Pfoten, hatte noch einen Schluck erfrischendes Wasser zu sich genommen und aus dem Napf etwas Trockenfutter, das Müsli der Wölfe, gefressen. Jetzt war er hellwach und es konnte losgehen. Den letzten Rest Steifheit der Nacht vertrieb er mit zwei galanten Lufthüpfern. Noch einmal vergewisserte er sich, dass auch alle tief und fest schliefen und nichts von seinem Tun bemerkten. Mit ein-zwei Sätzen war er am Dachüberhang des Stalles und musterte die Höhe und Stärke des Randbrettes. Jetzt beschloss, er nicht mehr lange zu zögern und das Unvermeidbare mit Mut und Überwindung auszuführen. Mit einem Satz, der so manchem Leistungssportler zur Ehre gereicht hätte und ihn selbst erstaunte, hob der Körper vom Boden ab und sein mächtiger Fang bohrte sich in die vorstehenden Bretter. Das Folgende war schon etwas komplizierter und brachte ihn doch an den Rand seiner Kräfte. Nach zwei Versuchen hatte er es aber geschafft und stand wie ein erfolgreicher Krieger auf dem Dach des Stalles. Von hier oben sah alles viel anders aus als aus der Bodenperspektive. Obwohl sein Körper nach einer Ruhepause schrie, durfte er jetzt nicht nachgeben. Er nahm soviel Anlauf, wie das Dach zuließ und sprang wie ein Wasserspringer in Richtung der Birke, die er sich vorher gemerkt hatte. Der Sprung kam ihm vor wie damals, als er dem Eichhörnchen auf den Baum gefolgt war. Auf jeden Fall hatte er großes Glück, dass sein Landeplatz reichlich mit Moos, Farnen und Blättern ausgepolstert war. Als er sich mühsam erhob, dachte er trotzdem jeden seiner Knochen einzeln und sein Rückgrat in zwei Teilen zu spüren. Die Freude über seinen Erfolg ließ ihn aber über seine Schmerzen hinaus weiter zu handeln. Jetzt musste er sich aber erst einmal orientieren. Um seinen Weg zu finden, wusste er nur, dass er in Richtung der untergehenden Sonne laufen musste. So bemühte er sich also, als Erstes das Waldstück seiner Gefangenschaft zu verlassen. Je länger er durch den Hochwald lief, umso deutlicher wurde ihm, dass es sich um den Wald mit den Waldarbeitern und Kaltblütern handelte. Als ihm das klar wurde, fand er auch seine innere Ruhe wieder und konnte klare Gedanken fassen. Also lief er zunächst in Richtung der Moosflächen an den Bäumen um aus dem Wald und aufs freie Feld zu gelangen. Er hoffte dann baldigst den großen Sendemast, den er sich zur Orientierung für Samaras Standort eingeprägt hatte, zu sehen. Als er endlich den Waldrand erreichte, war natürlich von diesem auch nicht die kleinste Spitze auszumachen. Die Fläche kam ihm aber sehr bekannt vor. Aber woher nur. Auf den großen Arealen schnitten Traktoren das erste saftige Frühjahrsgras. Dieses begehrten natürlich auch Hasen Rehe und anderes Waldgetier. Czirpan wartete, bis die Traktoren außer Sichtweite waren, dann stürmte er hervor und nahm sich einen kleinen Rehbock als Beute. Gerade als er sich an sein Abendmahl machen wollte, hörte er doch einen der Traktoren wieder herankommen. Also nahm er den nicht mal so leichten Bock und zerrte ihn hinter eine Hecke. Jetzt wusste er auch, woher er diese Fläche mit ihren Hecken kannte. Jetzt ging es aber zügig weiter. Außer zwei kleinen Orten, die großräumig zu umgehen waren, gab es vorläufig keine weiteren Hindernisse. In der Ferne zeichnete sich ein größerer Waldgürtel ab und er beschloss, die kommende Nacht da zu verbringen.

47. Vaterpflichten

Gesag4, getan, nahm er geradewegs Kurs in diese Richtung und wollte gerade noch ein einzelnes Gehöft umgehen, als er aus einer einzelnen Baumgruppe ein eigenartiges Winseln vernahm. Damit war auch sofort seine Neugier geweckt und er musste der Sache auf den Grund gehen. Er dachte nur: "Hoffentlich ist es kein Menschenkind!". Dieser Wunsch wurde ihm zwar erfüllt, die Realität war jedoch nicht umwerfend besser. Saß doch da ein kleines Häufchen Unglück in Form eines Hundewelpen und jammerte vor sich hin, dass er seine Mutter verloren hätte und sein Vater ihn einfach hier abgesetzt habe. Er fühlte sich jetzt ohne jeglichen Schutz und Ernährer. Wie gefährlich das sei, konnte er ja in Form seiner selbst sehen. Tschirpan nahm den Kleinen so sanft wie möglich und lief mit ihm zu dem auserkorenen Waldstück. Da scharrte er in aller

Eile ein paar Äste, Zweige und Blätter zusammen und setzte den Welpen schließlich obenauf. Gleichzeitig gab er ihm erstmal einen Namen und da ihm nichts Besseres einfiel, war der "Buh" Nun war dies allein noch kein Grund für ihn, mit dem Gejammer aufzuhören. Also rannte Czirpan so schnell ihn seine Pfoten trugen los, um etwas Fressbares aufzutreiben. Siehe da, er hatte sogar Glück und erkaperte auf Anhieb einen Fasan, welchem er gleich an Ort und Stelle seine Federn entfernte und dann schnellstens zurückkehrte. Obwohl er das an sich schon zarte Fleisch dem Welpen ordentlich vorgekaut servierte, verzog dieser ein Gesicht und wusste für den Moment nichts Richtiges damit anzufangen. Erst nach vielen geduldigen Versuchen schaffte er es, dem an aufgeweichte Pellets gewöhnten Hundewelpen, das fressen, bzw. schlucken von nahrhafter fester Kost beizubringen. Alsdann legte sich Czirpan zur Ruhe nieder und der Kleine schmiegte seinen Körper fest an ihn. So schlummerte er auch noch, als Czirpan beim Sonnenaufgang zu sich kam. Irgendetwas hatte ihm signalisiert, dass Gefahr im Verzug war. Er brauchte auch nicht lange zu grübeln, worum es sich wohl handelte. Aus der Ferne war eine sich schnell nähernde Hundemeute zu hören. Für den Moment war Czirpan völlig ratlos, was er jetzt tun sollte. Also ließ er den Kleinen in dem Dickicht zurück und sah zu, dass er Boden gewann, gerade noch rechtzeitig bevor die Meute ihn überrollte. Diese hatten allerdings nicht mit seiner Schnelligkeit und Ausdauer gerechnet. In der wilden Hatz sah er nicht weit vor sich einen breiten, tiefen Graben, mit äußerst schlammigen Seitenbereichen. In seiner Verzweiflung, nahm er all seine Kräfte zusammen und flog, wie von einem Bogen geschossen darüber hinweg. Die Hunde, in ihrem Bestreben einer den anderen zu überholen, konnten die Gefahr nicht erkennen und stürzten hintereinander und übereinander in den Graben und den Schlamm. Diejenigen, die es geschafft hatten, sich aus dem Knäuel zu befreien, zogen jammernd und jaulend ihrer Wege.

Czirpan durfte sich aber keine Zeit nehmen, um seinen Sieg zu genießen. Sein Ziel war es auf kürzestem und schnellstem Wege zu Samara und dem Nachwuchs zu kommen. Trotzdem schaute er im Unterholz noch einmal kurz nach dem Welpen. Der war aber, wie vom Erdboden verschluckt, verschwunden. Wahrscheinlich hatte er sich einem der abziehenden Hunde angeschlossen. Das war Czirpan auch recht. So brauchte er seinetwegen kein schlechtes Gewissen zu haben.

48. Bleihaltige Luft

Nun ging es aber endgültig zurück zu Weib und Kindern. Mit diesen Gedanken im Hinterkopf und auf Tempo bedacht lief Czirpan seinem Ziel entgegen. Ehe er sich versah, war er in einen dichten Schilfgürtel, der mehrere Teiche umspannte geraten. Als er gerade ganz schockiert vor einer auffliegenden Ente stoppte, knallte es, es pfiffen ähnlich Sandkörnern, Schrotkügelchen durch die Luft und im selben Moment als sich Czirpan gerade duckte, fiel eine Ente vor ihm hernieder. Was sollte er jetzt tun? Den gedeckten Tisch einfach verlassen, wäre Frevel gewesen. Da hörte er aber auch schon die Suchhunde kommen. Jetzt ging alles ganz schnell. Er nahm die Ente und war mit zwei drei gewaltigen Sätzen der Gefahrenzone entwichen. Bevor er sie fraß, lief er aber zur Sicherheit noch bis zur nächsten Baumgruppe. Das Rupfen von diesem Federnviehzeug trieb ihn schon immer und so auch heute, an den Rand der Verzweiflung. Als er aber beim Fressen noch die Metallklümpchen aussortieren musste, wäre ihm fast der Appetit vergangen. Mit Müh und Not hatte er es bis zur Abenddämmerung geschafft und konnte sich zur Ruhe ausstrecken.

49. Der Eierdieb

Als der Morgen graute musste er feststellen, dass er sich unweit eines   Gehöftes befand. Er wollte sich die Sache gerade näher betrachten, als eine junge Frau mit etwas einem Traktor Nachempfundenem auf drei Rädern kam. Auf dem Anhänger waren Eierkisten gestapelt, die sie zum Markt bringen wollte. Als sie den Wolf mitten auf dem Wege sah, bekam sie solch einen Schreck, dass sie den Lenker verriss und das ganze Gefährt umkippte. Wer von den Beiden mehr erschrocken war, Czirpan, oder die Frau, ließ sich beim besten Willen nicht sagen. Die Frau erhob sich nach einiger Zeit und lief unter lautstarkem Gezeter und Wehgeschrei zum Hof zurück. Jetzt wagte sich auch Czirpan, der vorsichtshalber erstmal im Dickicht des Wegesrandes untergetaucht war, hervor. Einige Kisten waren aufgesprungen und mehrere Eier, wenn auch nicht alle unbeschadet, hatten den Weg ins Freie gefunden. Nachdem Czirpan vorsichtig an einem probiert hatte und schnell auf den Geschmack kam, hätten es ruhig noch ein paar mehr sein können. Er fraß sich in einen regelrechten Rausch und um ihn herum sah es aus wie nach einer maßlosen Orgie. So lange konnte er sich dann doch nicht ausruhen, denn vom Gehöft her kam der Bauer um die Überreste des Überschlages seiner Frau zu beseitigen. Czirpan verzog sich nach hinten durch das Unterholz in die lichte Baumgruppe.

50. Sandspiele

Von da aus verfiel er wieder in den leichten
Trab, um etwas von der verloren gegangenen
Zeit aufzuholen. Als Nächstes tat sich vor ihm
eine reichlich große Sandgrube auf, in der viele
Radlader, Förderbänder, LKW's und
Raupenfahrzeuge mit entsprechendem
Bedienungspersonal arbeiteten. In der Mitte
hatte sich aus dem Grundwasser ein größerer
See gebildet und ringsherum hatten sich durch
die versetzten Abbaustufen Sandhügel in Form
eines gewaltigen Irrgartens gebildet. Irgendwie
musste Czirpan auf die andere Seite gelangen,
wobei ihm der äußere Umgehungsweg
wesentlich zu lang erschien. Also zögerte er
nicht länger und stürzte sich in sein nächstes
Abenteuer, oder doch in sein Verderben? Die
Zeit darüber nachzudenken ließ er sich nicht
und schaute verdutzt, als er mitten in einem
Sandgraben saß, nur umgeben von
unüberschaubaren gelben Gebirgen aus Sand.
Jetzt war guter Rat teuer. Er versuchte als erstes
dem Labyrinth zu folgen, indem er an jeder
Abbiegung seine Marke hinterließ. Dadurch
stellte er sehr bald fest, dass er im Kreis
gelaufen und mit seinem Latein endgültig am
Ende war. An Aufgeben dachte er aber noch
lange nicht. Plötzlich sah er aus einer Richtung
Wildenten aufsteigen. Da musste sich also die
von oben gesichtete Wasserfläche befinden.
Sich dahin durchzukämpfen konnten nicht

grundfalsch sein. So kämpfte er sich die erste Sanddüne hinauf, um an der anderen Seite wieder hinunterzurutschen. Nach dem achten Mal hatte er schon die Nase voll, war mit seinen Kräften dem Ende nahe und wollte fast aufgeben. Da hörte er in unmittelbarer Nähe ein dem Quieken und Pfeifen ähnliches Geräusch. Jetzt wusste er, dass er nicht allein war und sein leerer Magen Aussicht auf Nachschub hatte. Jetzt nahm er all seine letzten Kräfte zusammen und schoss wie ein Pfeil über diesen Sandwall. Auf der anderen Seite angekommen, sah er im letzten Dämmerlicht noch die Umrisse von zwei kleineren, einem jungen Wildschwein ähnelnden Gestalten beziehungsweise Lebewesen. Ohne auch nur zu überlegen, schlug er reflexmäßig zu und spürte etwas Gummiartiges zwischen seinen Fängen. Jetzt konnte er auch feststellen, was er da zu seinem Abendmahl auserkoren hatte. Es war ein Nutria, oder besser gesagt eine dem Biber verwandte Bisamratte und das Gummiartige der spezifisch ausgeprägte Schwanz. Ansonsten gab das Tier eine durchaus schmackhafte und ausreichende Mahlzeit ab. Czirpan hatte gerade noch einen Schluck erfrischendes Wasser zum Nachspülen genommen, als sich Motorengeräusche näherten. So gut wie möglich verbarg er sich hinter dem nächsten Sandwall. Dem PKW mit Hänger entstiegen zwei Männer mit Schaufeln und begannen den Hänger zu beladen. Wenn der PKW bis hierher gefunden hatte, musste es auch einen Weg in die Freiheit geben und so würde er dem Auto folgen. Er musste nur zusehen, dass er nicht im letzten Moment noch vom Scheinwerfer erfasst wurde. Es musste schon fast Mitternacht sein, als die Männer endlich ihr Tun einstellten und Anstalten machten den Platz zu verlassen. Czirpan hatte währenddessen schon etwas geruht und war nur durch den aufheulenden Motor wieder zu sich gekommen. Ganz so einfach, wie er sich das vorgestellt hatte ging es nun doch nicht. Die Männer hatten ihrem Auto wohl zuviel zugemutet, denn als es losgehen sollte, rührte sich der Hänger keinen Meter von der Stelle. Sie beschlossen ihn erst einmal stehen zu lassen und später mit einem Traktor wiederzukommen. Das Abhängen vom Auto dauerte nach Czirpans Gefühl auch eine halbe Ewigkeit. Jetzt musste er sich aber sputen, denn als die Zwei im Auto saßen ging es auch sofort los. Czirpan fühlte sich irgendwie unwohl, denn er wusste nicht, ob sie ihn im Rückspiegel sehen konnten. Er selbst konnte darüber nicht weiter nachdenken, denn der aufgewirbelte Dreck machte ihm das Verfolgen der Rücklichter äußerst schwer. Kurz darauf hatten sie aber den oberen Rand der Grube erreicht und der Weg führte zu einer Straße hin. Spätestens jetzt musste sich Czirpan von seinem "Leitwolf aus Blech" verabschieden. Er nutzte das erste Gebüsch, um sich in eine sichere Deckung zu begeben. Er hatte wichtige

Entscheidungen über das wie Weiter zu treffen, denn der Morgen graute schon am Horizont.

51. Bärenfell und Blütenhonig

In der Ferne sah Czirpan eine kleine, mit Laubbäumen bestandene Anhöhe. Die wählte er als nächste Etappe aus und beschleunigte seinen Lauf wieder. Es macht richtig Spaß, sich an der nach allen möglichen Pflanzen riechender frischen Frühlingsluft zu bewegen. Es dauerte auch nicht lange und er hatte sein Ziel erreicht. Er stellte fest, dass die Bäume für einen Laubwald relativ dicht standen und hörte aus dem Waldesinneren das Gebrüll eines Bären, welches sich eher nach Schmerzen, als nach Einschüchterung eines Gegners anhörte. Mitten in diesen Gedanken versunken, war Czirpan, als treffe ihn der Schlag. Ein mächtiger Braunbär kam an ihm vorbeigeschossen. Er konnte es gar nicht verstehen, denn die Bären hatten um diese Jahreszeit gerade erst ihren Winterschlaf beendet. Ein Blick dem Bären hinterher, zeigte ihm aber den Grund. Ein großer Schwarm Bienen, die auch gerade erst aus der Winterstarre erweckt waren jagte hinter ihm her und er durfte einige dutzend Stiche bereits abbekommen haben. Czirpan beschloss der Sache auf den Grund zu gehen. Nachdem die Luft von Bienen rein war, begab er sich in die

Richtung, aus der, der Bär gekommen war. Die Spur war nicht zu übersehen, denn Meister Petz musste mehr gerollt als gelaufen sein. Jedenfalls konnte man das bei den nieder gewalzten und abgebrochenen Pflanzen mutmaßen. Als Czirpan ein gehöriges Stück in den Wald vorgedrungen war, hörte er schon wieder dieses kräftigen Summen in unmittelbarer Nähe. Er wollte schon die Flucht ergreifen, da machte ihn was er sah, doch neugierig. Der Bär hatte auf der Suche nach Nahrung den Bienenstock in dem hohlen Baum ausgemacht und seiner Fresslust nicht widerstehen können. Die herausgerissenen Waben lagen bunt verstreut um den Baum herum. Kein Wunder also, dass die Bienen ihren Nachwuchs und die ersten Jahresvorräte verteidigt hatten. Czirpan näherte sich ganz vorsichtig dieser Stelle und machte nach langer Zeit ein Stück aus, an dem sich kein bewaffneter Flieger mehr befand. Ebenfalls, wenn nicht noch vorsichtiger, nahm er dieses Stück zwischen die Zähne und lief davon, als würde ihn der Teufel persönlich jagen. Nach dieser ganzen Aufregung ließ er sich das Stück nun in aller Ruhe munden. Allerdings musste er anschließend schnellstens einen kühlen Schluck Wasser zu sich nehmen, denn so gut der Honig auch schmeckte, genauso gut verklebte er auch die letzte Körperöffnung. Selbst die Zunge war irgendwie am Gaumen festgeklebt. Das war nicht nur ein Spaß, sondern hinderte ihn noch mehrere Tage danach an der Ausscheidung der Verdauungsrückstände. In diesen Momenten konnte man denken, er sei pinkfarben lackiert worden, so heftig zeichneten sich die Anstrengungen auf dem Körper ab. Es war für ihn jedenfalls eine äußerst heilbare Erfahrung beim Umgang mit „Süßigkeiten".

Nun hatte er aber endgültig genug Zeit verplempert und musste sich sputen, um sein Ziel zu erreichen. Wie sollte es auch anders sein, stellte sich ihm noch dazu ein größeres Dorf in den Weg. Das konnte er beim besten Willen nicht einfach gerade hindurch nehmen. Also entschloss er sich für eine rechtsseitige Umgehung.

52. Der Hundekrieg

Er hatte gerade die ersten Schritte getan als sich ihm, wie aus dem Nichts, drei Dorfköter in den Weg stellten. Seine Absicht, sie in Stücke zu zerreißen, dämpften sie schnell mit einem schmeichelhaften Angebot. Ein Bär hätte letzte Nacht auf der Weide eine Kuh gerissen und nun war zwischen den Dorfkötern von Ober- und Niederdorf ein Kampf um das Verwertungsrecht ausgebrochen. Sie baten ihn auf ihrer, der Seite des Niederdorfes zu kämpfen und versprachen ihm dafür einen großen frei wählbaren Teil des Rindviehs. Da es Czirpan eigentlich egal war, welchen Köter er in der Luft zerriss, sagte er zu und der Kontrakt war geschlossen. Nur eine Bedingung hatte er aufnehmen lassen. Die Kämpfe dürften niemals im unmittelbaren Zentrum des Dorfes stattfinden, um sein Entdecktwerden durch Menschen zu verhindern. So schickten sie also einen Lockvogel aus um die Oberdörfler hinaus und heran zu locken. Er selbst hielt sich die ganze Zeit noch im Hintergrund. Als sich die Parteien gegenüberstanden und zum Aufheizen der Lage Beschimpfungen austauschten, trat er langsam in die Reihen des Niederdorfes. Der großspurigen Worte der Anderen wurden jetzt merklich weniger. Das Kampffeld zu verlassen, wäre aber eine zu große Schmach gewesen. Also näherten sie sich zähnefletschend und knurrend zur Selbstbestätigung. Ihr Anführer, ein für die Verhältnisse noch recht rüstiger Schäferhundrüde, feuerte seine Mannen unentwegt an und versprach ihnen die umwerfensten Belohnungen. Seine Worte verhallten aber irgendwo im Staub. Das Einzige, was als Antwort kam, war Zähneklappern und Winseln. Dafür hielt es die Recken um Czirpan kaum noch in den Startlöchern, so dass dieser die Nase voll hatte und jetzt loslegen wollte. Er schaute einmal die Reihe entlang und bekam überall ein Kopfnicken. Wie von einer Feder schnellte sein Körper hervor, fasste deren Anführer im Genick und schleuderte den Kadaver weit von sich. Die Anderen hatten schon mehr Mühe mit

ihren Kampfrivalen. Czirpan wechselte von
Einem zum anderen um seine Kampfpartner zu
entlasten und die Fehde endgültig zu beenden.
Zum Schluss hieß es nur noch die eigenen
Reihen auf Verluste zu inspizieren. Außer zwei,
drei kleinen Biss- und Kratzwunden war es aber
ein voller Triumph gewesen und die
Niederdörfler lagen vor Dank ihm zu Füßen
und das Festmahl entschädigte für die
Anstrengungen. Da er darauf bestand, so
schnell wie möglich weiterzulaufen, bestanden
sie darauf, ihm eine Tagesreise sicheres Geleit
zu geben.

53. Der tiefe Sturz

So konnte Czirpan in der Annahme völliger
Sicherheit richtig Gas geben und schaute
weniger auf das Umfeld. Dadurch konnte er
auch den offenen Abwasserschacht direkt au
seinem Weg nicht sehen. Die Hunde hatten mit
sich selbst zu tun, um mit dem Tempo Schritt
zu halten. Als der Erste das nahende Unheil
sah, war es auch schon zu spät. Czirpan spürte
nur noch, wie ihm die Läufe nach hinten
weggezogen wurden und er kopfüber in den
Schacht fiel. Unten angekommen zählte er erst
einmal seine Knochen. Es war schon fast wie
ein kleines Wunder, dass außer ein paar
Schürfstellen alles noch in bester Ordnung war.

Jetzt kam aber die schreckliche Frage: "Wie hier hinauskommen?"

Nur gut, dass die Kanalisation von hier in einem äußeren unabgedeckten Graben weiter verlief. Dieser war allerdings beidseitig mit Betonelementen ausgekleidet, so dass an ein einfaches Hinauskommen nicht zu denken war. Als er im Freien stand und die Hunde mitleidsvoll von Oben auf ihn hinabblickten, überkam ihn fast ein Gefühl der Hilflosigkeit. Die Hunde wussten zwar noch nicht wie, aber sie würden ihm aus der Patsche helfen. Das sagten sie jedenfalls einstimmig bevor sie sich verabschiedeten. Daraufhin verließen Czirpan auch noch seine letzten Hoffnungen und er richtete sich schon darauf ein, sein Leben in dieser Kloake auszuhauchen. Da hörte er doch ein kleines piepsiges Stimmchen: "Nicht mehr lang und ich hol dich hier raus!" Er glaubte fast zu träumen. Es war das kleine Findelwelpchen Buh, welches ihm den ganzen Weg gefolgt war und jetzt die ersten kleinen Reisigzweige brachte. Da viele mithalfen, wuchs der Haufen rasch an und Czirpan musste zusehen, dass es kein Staudamm wurde. So formten sich die Zweige links und rechts der Abwässer wie eine wachsende Brücke auf der als Brückenwächter Czirpan saß. Diese Brücke wuchs zwar nur langsam, aber sie gab Czirpan das Gefühl einer weiteren Zukunft mit vielen neuen Freunden. Ganz verhindern konnten sie eine Verlangsamung des Abwasserflusses jedoch

nicht. Ganz im Gegenteil kam es sogar zu einigen gefährlichen Anstauungen, die sie meist schnell wieder regulieren konnten. Dies gelang jedoch nicht immer innerhalb kürzester Zeit. Jede Stauung setzte sich natürlich bis in die Höfe der Bauern durch. So kam es, dass man sie plötzlich sich schon von weitem lärmend nähernd hörte. Czirpans Reisigthron war aber noch nicht so hoch, dass er hätte hinausspringen und weglaufen können. Also standen alle wie versteinert da und harrten der Dinge die da kamen. Czirpan machte sich so klein wie möglich, aber da waren die Bauern schon herangekommen. Sie staunten nicht schlecht, als sie den Wolf und davor ihre knurrenden Hunde sahen. Wie konnten die Hunde ihre Herren anknurren und den Wolf schützen? Das war entgegen allen seit Jahrhunderten weitergegebenen Erfahrungen und Gesetzen. Deshalb blieb ihnen nur übrig, selbst Vorsicht wal-
ten zu lassen und auf der Stelle in Richtung ihrer Höfe kehrt zu machen. Czirpan war schlau genug das Geschehene richtig einzuordnen und die Geduld der Bauern nicht überzustrapazieren. Deshalb bat er die Hunde, das Tempo des Turmbaues etwas zu erhöhen, um so schnell wie möglich zu verschwinden. Dann war es endlich so weit. Czirpan konnte mit einem mächtigen Satz seiner Gefangenschaft im Graben entfliehen. Den kleinen Welpen vertraute er einer älteren

erfahrenen Hündin, die die ganze Zeit bei ihm gewesen war, an. Jetzt bedankte er sich noch einmal bei jedem seiner Helfer persönlich und versprach, wenn ihn sein Leben nochmals in diese Gegend verschlagen sollte, unbedingt bei seinen Freunden hineinzuschauen. Dann lief er zu einem nahe gelegenen kleinen Laubwäldchen, um sich erst einmal in aller Ruhe zu orientieren und dann seinen Rückweg fortzusetzen. Nachdem er soviel Zeit verloren hatte, wäre es jetzt falsch gewesen kopflos weiter zu rennen, um in das nächste Dilemma zu schlittern. Er prägte sich die Richtung, in der die Sonne unterging, genau ein, um am nächsten Tag auch zielsicher voranzukommen. Noch einmal musste er gegen seine eigenen Prinzipien verstoßen. Ihm war klar, dass er für den weiteren Weg gut bei Kräften sein musste. Also durchstreifte er die nähere Umgebung nach einem Stück Wild. Das war aber wie vom Boden verschluckt. Stattdessen stand am Waldrand ein zum Grasen angebundenes Kalb. Es war nur eine Sache von Sekunden und die Kette lag wie achtlos ins Gras geworfen da. Es half das schwerste Gewissen nicht über den Hunger hinweg. Den hatte Czirpan jetzt zumindest nicht mehr und er zog sich, nachdem er noch einen Schluck Wasser genommen hatte, tiefer in den Wald zurück. Er machte sich selbst ganz andere Vorwürfe. Wie schnell, hätte es eine tödliche Falle sein können, so wie das Kalb auf dem Tablett serviert wurde. Am nächsten Morgen machte er sich endgültig auf die Läufe, um nicht noch einen Tag zu verlieren. Er war seit langem wieder einmal in froher Stimmung, denn er hatte in der Ferne den Sendemast ausfindig gemacht, der ihm als Anhaltspunkt diente. Jetzt konnte ihn Nichts und Niemand mehr aufhalten. Dachte er zumindest. Den restlichen Weg hatte er auch in kürzester Zeit zurückgelegt und stand nun vor der Wurfhöhle.

54. Der große Irrtum

Es war aber weit und breit nichts von Samara, Jaya und den Kleinen zu sehen. Aber was war das? Ganz hinten raschelte etwas. Da hatte sich bestimmt ein Kaninchen, oder Hase versteckt und dem würde er schon beikommen. Czirpan legte sich vor die Höhle und schlug mit der Pfote hinein. Im selben Augenblick jaulte er auf, als hätte ihm jemand auf den Schwanz getreten. Er zog seine blutende Pfote zurück und konnte nur noch staunen. Welches Tier hatte solch scharfe Zähne, um ihm gleich die ganze Laufsohle der Vorderpfote zu zerbeißen? Da er für den Moment keine Antwort wusste, legte er sich in sicherer Entfernung erst einmal nieder und beobachtete. Etwas anderes hätte er mit der lädierten Pfote jetzt auch nicht tun können. In der Höhle und deren Umfeld tat sich jedoch auch nichts. Wie sollte Czirpan auch wissen, dass die ganze „Familie" umgezogen war. Rund um die Stelle hatte Samara auch noch ihre Marken gesetzt. Jetzt musste er sich jedoch zunächst einmal den ungeheueren, ungebetenen Gast in der Höhle widmen. Dieser fing jetzt auch noch an zu spucken und unmögliche Töne von sich zu geben und siehe da, es kam Bewegung in die Situation. Allerdings eine solche Bewegung, dass Czirpan noch viele Jahre daran denken sollte. Das was er sah, ließ bei ihm auch das letzte Haar senkrecht stehen. Nur gut, dass Niemand anwesend war und ihn beobachten konnte. Aus der Höhle kam in kleinen Tippelschritten eine furchtbare Bestie, ein Igel. Der hatte dem ungleichen Kampf, nur durch das Aufrichten seiner Stacheln ein schnelles Ende bereitet. Dabei wusste ein jeder Wolf, dass man Igel nur in der Nähe eines Teiches, oder Baches zu Leibe rückt, indem man sie hineinrollt und sie so zum Öffnen ihres Stachelpanzers zwingt. Es war also wieder einmal eine Lektion im Buch der Natur. Egal wie auch immer, für seine Pfote brauchte er jetzt schnell Kühlung und das hieß Wasser.

55. Das Wiedersehen

Also lief er die Waldkante entlang bis zu einem kleinen Bächlein und an diesem Ort waren die Duftmarken verschiedener Wölfe dermaßen stark, dass man sie für ein kleines Rudel hätte halten können. Als er nun etwas schräg den Hang hinaufschaute, sah er sie und in ihm überschlugen sich die Gefühle. Da waren Samara, Jaya und einige Jungwölfe. Gleichzeitig stürmten sie aufeinander los. Czirpan blockte die Wiedersehensemotionen zunächst einmal ab und hing seine Pfote zur Kühlung ins Wasser. Samara und Jaya legten sich, Ruhe ausstrahlend, neben ihn. Samara konnte natürlich nicht abwarten zu erfahren, wo ihr Sohn Raslik sei und wie es ihm ginge. Zu wissen, dass er der neue „Herr der Beskidenwölfe" sei, machte sie sehr stolz, denn wie jede Mutter hing sie natürlich an ihrem Nachwuchs. Die Kleinen wussten für den Moment gar nicht, was sie davon halten sollten. Dieser Fremde sollte plötzlich ihr Vater sein und sagen wo es langging? So hielten sie sich erst Mal abwartend im Hintergrund. Mutter Samara würde es ihnen schon sagen, wenn ihre Anwesenheit gewünscht wurde. Jetzt sollte also das erste offizielle Vorstellen erfolgen. Samara rief die Kleinen zusammen und Czirpan versuchte mit der verletzten Pfote wieder richtig, wenn auch nur für kurz, aufzutreten.

Samara übernahm auch das Wort und hieß
Czirpan in seinem Rudel „Vom Ruf der
Wildnis" herzlich willkommen. Alsdann stellte
sie Kai, Kustus, Kilif, Klunja und die
schüchterne Kavka vor. Czirpan bat sein langes
Ausbleiben zu entschuldigen und kam deshalb
zu einigen organisatorischen Fragen im Rudel,
besonders für den weiteren Marsch. Er legte
Samara als Leitfähe an seiner Seite fest. Er
selbst würde mit Kai die Spitze des Rudels
bilden. Samara und Jaya würden nach hinten
sichern und den schwächelnden Rest aus dem
Mittelteil auffangen. Bei ihnen sollte sich
Klunja aufhalten.

56. Der Dreibeinige

Czirpan hatte sich entschlossen, den weiteren
Weg nicht wieder entlang der Neiße zu wählen.
Er wollte diesmal einen größeren Bogen in
Richtung der aufgehenden Sonne gehen, um die
größeren Städte und Ortschaften von
vornherein zu umgehen. Also gab er die
Richtung vor und Kai das Tempo. Nur beim
Übergang zu größeren offenen Flächen
übernahm er die Koordinierung des
Überquerens selbst. Zunächst waren es viele

sumpfige, reichlich bewaldete Strecken und sie kamen zügig voran. Czirpan ließ Kai immer auf Sichtweite voran laufen und hatte sich an den sorglosen Trott so richtig gewöhnt. Umso mehr erschrak er, als er Kai plötzlich aufjaulte. Schneller als der Wind war er bei ihm und kam noch zur rechten Zeit. Vor Kai hatten sich 2 ausgewachsene Rüden aufgebaut und wollten ihm gerade das Fell über die Ohren ziehen. Czirpan schaute kurz nach hinten und stellte erfreut fest, dass Samara und Jaya auch herangekommen waren. Nun trat er kraftstrotzend vor und fragte sie: "Wer seid ihr eigentlich, ihr nichtswürdigen Kriecher, dass ihr es wagt, euch dem weitbekannten Leitwolf „vom Ruf der Wildnis" entgegenzustellen? Wollt ihr es etwa auf einen Kampf auf Leben und Tot ankommen lassen? Wenn nicht bringt mir euren Rudelführer, auf das ich mit ihm sprechen kann!" Soviel Selbstbewusstsein, gepaart mit Frechheit und Arroganz, hätten wohl jeden Wolf in die Flucht geschlagen. Kai fiel vor Staunen die Kinnlade herunter und selbst Samara musste lächeln. Die Zwei machten wie beabsichtigt auf der Stelle kehrt und mit dem Versprechen, bald mit ihrem Chef zurück zu sein, verschwanden sie. Nun konnte Kai unter den Jungwölfen die große Klappe haben und ließ sich von den Jungfähen anhimmeln. Samara fragte Czirpan nur, was er gemacht hätte, falls die Zwei kämpfen wollten. „Gekämpft" antwortete Czirpan leicht ironisch.

Bei alledem hätte keiner erwartet, bei dem von den Beiden angesprochenen Chef eine graue Strähne zu sehen. Deshalb staunten sie nicht schlecht, als die Beiden an der Seite eines deutlich in die Jahre gekommenen Rüden auftauchten.

An seinem Auftreten merkte man deutlich, dass er ein erfahrener und in vielen Kämpfen bewährter Leitwolf war. Dabei hatte er nur drei Läufe. Wie er anfangs mitteilte, war der Vierte in einem Fangeisen geblieben und um zu überleben hatte er ihn sich selbst abbeißen müssen. Nachdem er das gesagt hatte, richtete er das Wort an Czirpan: "Sehrwohl habe ich von euren Taten und Siegen gehört. Verzeiht bitte meinen jungen Brüdern ihr forsches herausforderndes Verhalten. Selbstverständlich könnt ihr ohne Komplikationen unser Revier durchqueren. Gestattet mir noch eine Bitte! Nehmt Lotrek, Lukan und Laila in euer Rudel auf, damit sie Erfahrungen sammeln um mich eines Tages ablösen zu können." Czirpan nahm die Worte des Alten erfreut zur Kenntnis und antwortete ihm: „Deinen Wunsch will ich dir gern erfüllen. Allerdings mache ich zur Bedingung, dass sich die Drei ganz unten in die Rangordnung einordnen. Sollten sie ernsthafte Versuche unternehmen, die Rangordnung zu ihren Gunsten ohne die entsprechenden Leistungen zu verändern, werde ich sie skrupellos aus dem Rudel ausschließen. Sie sind nicht berechtigt den Beinamen „Vom Ruf der Wildnis" zu tragen." Man sah dem Alten an, dass die Bedingungen ihm nicht allzu sehr schmeckten. Nichts desto trotz willigte er ein. Mit der Abmachung, morgen zum Sonnenaufgang wieder hier zu sein, verabschiedeten sie sich und waren auch schon verschwunden. Kai wollte gerade wieder die Kinnlade hochnehmen, als ihm bewusstwurde, dass er dann in der Rangordnung über den zwei gestandenen Haudegen stehen sollte. Samara freute sich für ihren Nachwuchs und sah die eine Fähe nicht als wirkliche Konkurrenz an. Im Gegenteil, sie würde für eine jederzeit notwendige Blutauffrischung im Rudel sorgen. Auch Jaya hegte so ihre Hoffnungen. Vielleicht könnte sie an der Seite eines der beiden Rüden zu einer Leitwölfin werden. So hing jeder seinen Gedanken nach und war dabei zur Ruhe gekommen. Die Nacht würde so schon kurz genug werden, wenn mit dem Morgengrauen die Neulinge anrückten. So war es dann auch. Kaum hatte der erste Vogel einen Piep von sich gegeben, standen die Drei an der Seite des Dreibeinigen auf der Matte. Der Dreibeinige sagte noch: "Ich bin Valian und wenn euch euer Weg jemals wieder vorbeiführt, seid ihr jederzeit herzlich willkommen." Czirpan antwortete ihm: "So sei es und falls ihr jemals den Weg über den Fluss in Richtung der untergehenden Sonne findet, trifft das Gleiche auf euch zu. Also allzeit gute Jagd und ein gesundes Rudel.

Damit zogen er und Kai voran und die neue unbekannte morastreiche Wald- und Wiesenlandschaft hatte sie schnell aufgenommen. Lukan kam nach vorn und fragte, ob er Czirpan, auf Grund seiner Ortskenntnisse behilflich sein könnte. Czirpan ließ ihn dazu an seiner Seite laufen. Die anderen Neuen hatten sich wahllos ihre Plätze im Rudel gesucht und es begannen sich erste sympathische Kontakte herauszubilden. Lukan berichtete ihm auch von nördlich gelegenen Jagdrevieren mit einer völlig anderen Art von Rotwild, dem Elch. Dieser wäre in Kraft und Stärke gleichzusetzen mit einem wütenden Stier, der bestens an die Bedingungen der sumpfigen Auenwälder angepasst sei.

57. Verdamt noch mal!

Lukan erzählte Czirpan von einem Ort, etwa eine Tagestour entfernt, wo man leicht reichlich Beute machen konnte. Bei der nächsten Rast hörte sich Czirpan die Sache genauer an. Es handelte sich um einen Bauernhof, der zu Vermark-tung Damwild züchtete und zu dieser Jahreszeit auf der Weide hinter einem Elektrozaun hatte. Wenn man die Tiere genügend unter Stress setzen würde, hätten diese in der Panik keinen genügenden Respekt mehr vor dem Elektrozaun und würden diesen niederreißen um auszubrechen. In dieser Phase gelte es dann Beute zu machen, aber nicht unmittelbar in Gehöftnähe. Das wäre sowieso kritisch, da alle Tiere im Block schlecht anzugreifen gingen. Die Sache leuchtete Czirpan ein. Offen war noch die Frage, wie das Damwild in Panik zu versetzen sei. Es müsste eigentlich reichen, bellend um den Zaun zu laufen. Die Kleinen könnte zusätzlich noch unter dem Weidezaun hindurchkriechen und direkt für Aufruhr sorgen. Genaueres würde er mit allen auf der letzten Rast vor dem Gehöft besprechen. Zunächst sagte er Lukan, dass er seinen Plan akzeptabel und gut durchdacht finde. Dem schwoll bei soviel Lob natürlich mächtig der Kamm. Das Komplizierte an dem Plan war, den richtigen Zeitpunkt zu finden, ohne die Bauernschaft zu alarmieren. Sie beschlossen also kurz nach Mitternacht anzugreifen und außer der ersten Phase so lautlos, wie möglich, vorzugehen. Langsam näherten sie sich, im Schutz eines günstig gelegenen Streifens Laubwald, dem schon erwähnten Gehöft. Allein ihre Anwesenheit löste bei dem sehr dicht eingepferchten Damwild schon vereinzelte, für Fluchttiere typische Reaktionen aus. Das hatte der Bauer natürlich mitbekommen, ohne den Grund zu wissen. Um gegenseitige Verletzungen auszuschließen, vergrößerte er die Weideumzäunung. Es sah jedenfalls so aus, als hätte sich für ihn die Sache damit erledigt. Nun war es aber Zeit, den genauen Angriffsplan mit allen Rudelmitgliedern durchzusprechen. Am aufgeregtesten waren natürlich die Jungwölfe, für die es die erste große Schlacht eines Rudels war. Dabei hatten sie noch eine ganz spezielle Aufgabe. Sie sollten sich tief an den Boden geduckt kriechend unter dem elektrischen Weidezaun hindurch begeben und die Damwildherde zum Ausbruch bringen, wenn möglich noch in Richtung ihres jetzigen Standortes um viele Aktionen auf der offenen Fläche zu sparen. Die anderen wurden angewiesen, das Gatter so zu umkreisen, dass als Ausweg für die Herde nur trichterförmig diese Richtung offenblieb um sie nach dem Ausbruch zu verfolgen. Czirpan selbst würde am Waldrand mit dem verbliebenen Rudel die Damwildherde erwarten und hoffentlich reichlich zur Strecke bringen. Czirpan sprach noch mal beruhigend auf die Jungrüden ein und Samara scharte die Fähen um sich. Von Lotrek, Lukan und Laila erwartete Czirpan, dass sie ihren Part ohne extra Anleitung übernehmen würden. So lagen sie am Waldessaum in der Deckung, als in der stockdunklen Nacht ein großer Uhu seine Schwingen ausbreitete und auf Jagd ging. In allen Gehöften im weiten Umfeld war kein Lichtschein mehr zu erspähen. Czirpan erachtete die Zeit für gekommen und gab das lang erwartete Signal zum Angriff. Die Jungrüden hielten sich weitgehend an Kai, was aber nicht verhinderte, dass Einige vor

Aufregung über die eigenen Pfoten stolperten. Schon als sie sich dem Damwild näherten, brach bei diesem die Panik aus. Die Alttiere mussten zusehen, das Gatter von hinten zu erreichen, um die Herde auf den Waldrand hin zu treiben. Jetzt waren Kai und Kustus im Gatter und der erste Teil des Zaunes brach nieder. Da sich alle an die zugeteilten Aufgaben hielten, lief alles wie geplant und es gelang sogar die Herde zu sprengen. Die zwei, drei Tiere, die in eine andere Richtung als zum Wald liefen, konnte man verkraften. Da geschah aber ein entscheidender Fehler. Lotrek, der sich noch nicht vollständig den Anordnungen Czirpans verpflichtet sah, verfolgte ein Tier in Richtung des Gehöftes. Der Bauer war natürlich durch den immensen Krach, wenn auch spät, aber doch wach geworden. Als er aus dem Fenster schaute, sah er den Wolf und holte seine alte Büchse aus der Kammer. Er hatte zwar nicht das beste Büchsenlicht, aber diesmal hätte er wohl auch mit dem Filzpantoffel tödlich getroffen. Alle anderen hatten zu tun, das reichliche Mahl zu sich zu nehmen ohne an ihrer Fresssucht zu ersticken. Nur Czirpan und Lukan hatten den Vorgang genauestens beobachtet. Czirpan machte sich die heftigsten Vorwürfe. Als er aber schuldbewusst Lukan anschaute, schüttelte der nur mit dem Kopf. Das sollte soviel heißen, wie bei soviel Dummheit hätte ihm niemand helfen können. Natürlich trauerte er um seinen

Bruder. In der Hinsicht auf die Vermeidbarkeit sprach er Czirpan aber von jeder Schuld frei. Laila stimmte dem allseitig zu. Um weitere Konfrontationen mit den Menschen zu verhindern, zog sich das Rudel in die Tiefe der Natur zurück.

58. Der Weg zum Fluss

Am hinteren Waldessaum sammelte Czirpan sein Rudel. Jetzt musste er vordringlich beruhigend auf alle einreden, denn die Sache mit Lotrek hatte sich schnell herumgesprochen und besonders für die Jungtiere war es eine lehrreiche und gleichzeitig erschütternde Erfahrung. Diese war am besten zu überwinden, indem sie zum normalen Tagesablauf zurückkehrten. Czirpan sprach kurz mit Lukan, dem der Tot seines Bruders arg zugesetzt hatte. Er schlug ihm vor, ab sofort an seiner Seite zu bleiben um sich besser auf die Besonderheiten der Führung eines Rudels vorzubereiten. Lukan nahm das Angebot dankbar an, denn er wusste jetzt, dass er über kurz oder lang das Rudel seines Vaters übernehmen würde. Czirpan beschäftigten andere Gedanken. Jetzt im vorgerückten Frühjahr konnte man beim Überqueren der Neiße nicht mit zugefrorenen Teilflächen rechnen und musste auf jeden Fall davon ausgehen, den Fluss schwimmend zu überqueren. Dabei wusste er nicht, über welche

Schwimmerfahrungen die Einzelnen seines Rudels verfügten und war nicht einmal von seinen eigenen überzeugt. Dazu kam noch die nicht unerhebliche Strömung des Flusses. Bis dahin war es aber noch ein guter Teil des Weges und der Zeit. Also gab er Kai das Zeichen und die Richtung, dass es weiterging. Bald lief das Rudel wieder in der altgewohnten Formation und Czirpan war in Bezug auf die Disziplin richtig stolz auf sein Rudel. Diese und ähnliche Gedanken tauschte er jetzt öfters mit Lukan aus. Vermehrt mussten sie einzelne Bauernhöfe und kleinere Dörfer umgehen. Auch gab es viele Laubwaldstücke und Sumpfflächen, die teilweise   Nebenarme, sowie auch tote Nebenarme der Neiße speisten. Auf eine Art waren es Rückzugsgebiete für Rot- und Rehwild. Andererseits fiel die Verfolgung von diesen bei dem Untergrund oft sehr schwer. Dadurch ergab sich die Möglichkeit, die Jungwölfe in der Jagd im Rudel zu unterweisen. Czirpan überließ Lukan die Organisation und war es zufrieden, außer zwei Kleinigkeiten nicht korrigierend eingreifen zu müssen. Das Jagdergebnis war beachtlich und sorgte für allgemein gute Stimmung im Rudel. Vor allem die Jungwölfe hatten diesmal aktiv Beute gemacht und priesen jetzt ihre Heldentaten. Auf eine Art von Beutetier machte Czirpan alle dennoch neugierig, denn sie kannten weder die Bisamratte, wie auch den Nutria. Als sie aber sahen, wie relativ leicht er zu greifen war, konnten sie es kaum erwarten, es selbst einmal auszuprobieren. Beim Geschmack des Schwanzes zogen sie allerdings lange Lefzen.

59. Schreck in der Morgenstunde

Die Ruhephase der Nacht wurde diesmal urplötzlich durch zwei laut peitschende Schussgeräusche beendet. Alle waren mit einem Mal hell wach. Sollten es Jäger auf sie abgesehen haben? Czirpan mahnte zunächst einmal zur Ruhe. Er selbst werde mit Lukan nach der Ursache suchen gehen. Kaum waren die Zwei losgezogen, versuchten die Ängstlichen im Rudel Panik zu verbreiten. Hier schritt Samara energisch ein und wiess sie in die Schranken. Zum Glück tauchten kurz darauf auch Czirpan und Lukan wieder putzfidel auf. Sie hatten nicht viel zu berichten. Eine Rotte Wildschweine war vom anderen Ufer kommend in ein Maisfeld gezogen. Dies hatte wiederum die Jäger auf den Plan gerufen, deren Treiben ein Jeder gehört hatte. Sofort zog die Ruhe im Rudel wieder ein, es zeigte aber auch allen, dass äußerste Vorsicht bei allen Bewegungen geboten war. Sie Alle staunten nicht schlecht, als Czirpan plötzlich ohne ein Wort verschwand. Kurze Zeit später erscholl ein Ruf, der allen Wölfen in Mark und Bein ging. Nochmehr, als der Ruf vom

gegenüberliegenden Flussufer erwidert wurde.
Samara klärte das um sie gescharrte Rudel auf,
dass das der „Ruf der Wildnis" war, den nur
Czirpan in dieser Klarheit beherrschte und
deshalb zu seinem und ihrer allen Namensgeber
wurde. Die Antwort war nur die Bestätigung,
dass jenseits des Flusses bereits ein Rudel lebte.

60. Die Brücke

Nun hatten sie sich viele Tagesmärsche bis zur
Neiße durchgeschlagen. Czirpan ließ das Rudel
unter Samaras Führung in der Deckung liegen,
währenddessen er mit Lukan die günstigste
Stelle zum Überwinden des Flusses suchen
ging. Sie hatten auch bald diese Stelle mit einer
Sandbank in der Mitte gefunden. Da sahen sie
aber ein Stück flussaufwärts eine Brücke, über
die regelmäßig Pkws fuhren. Die war es auf
jeden Fall wert, genauer angeschaut zu werden.
Dabei sahen sie, wie die Pkws zuvor angehalten
und kontrolliert wurden. Dem Spiel schauten
sie eine ganze Weile zu, sodass sie gar nicht
merkten, wie die Nacht hereingebrochen war.
Gegen Mitternacht brach der Strom von Autos
plötzlich ab und die Personen verschwanden
von der Brücke. Angenommen, das wäre jede
Nacht so, so könnte getrost das ganze Rudel die
Seiten wechseln. Mit dieser Erkenntnis und
einem fast ausgereiften Entschluss machten sie

sich auf den Rückweg. Kurzzeitig entschied sich Czirpan noch anders. Er forderte von Lukan am Ort zu verbleiben und zu beobachten, ob sich noch wesentliche Veränderungen der Lage zeigten. Er selbst würde zurücklaufen und das Rudel nach vorn holen. Gesagt, getan. Ohne langes Federlesen machten sie sich ans Werk. Samara und das Rudel warteten schon auf ihn, allein der reinen Neugier halber. Er schilderte ihnen ganz kurz die Lage und die von Jedem geforderten Verhaltensweisen. Damit ging es auch schon los. Diesmal lief er aber vornweg und Kai hinterher, was bei den anderen ein untrügliches Zeichen für die Wichtigkeit des Unterfangens war. Entsprechend schnell kamen sie bei Lukan an. Dieser hatte noch eine wichtige Nachricht. Bei Dunkelheit zogen die Menschen auf der Brücke ein großes Nagelband über die Straße. Czirpan wies also alle noch mal eindringlich an, nicht nach rechts oder links zu schauen nur den Vordermann nicht aus den Augen zu verlieren und das Nagelband auf der Brücke mit einem einzigen weiten Sprung zu überwinden. Auf der anderen Seite dürften sie keinesfalls stehen bleiben, sondern im gleichen Tempo weiterlaufen und erst nach der Anhöhe rechts in den Wald abbiegen, wo man sich sammeln werde. Diesmal machte sich Czirpan keine Gedanken, dass einer etwas falsch verstanden haben könnte. Die Aufregung bei Allen war so hoch, dass sie bald drohte überzuschwappen. Die Übereiligen hatte er vorn ganz gut im Griff und die Angsthasen bekamen hinten von Samara Feuer, die immer mehr in ihre Rolle als Leitfähe hineinwuchs und auch anerkannt wurde. Kleinere Probleme könnten sich daraus ergeben, dass beiderseits der Brücke Teile eines kleinen Dörfchens standen und bestimmt jeder Dorfköter ein mordsmäßiges Theater machen würde. Die Ersten hatten schon damit begonnen. Jetzt hieß es jede Ablenkung zu ignorieren und im richtigen Moment das Startsignal zu geben. Noch war die Nacht aber nicht fortgeschritten und selbst Czirpan musste eine in ihm aufkommende Unruhe unterdrücken. Noch immer kamen Pkws hinübergefahren. Die Personen auf der Brücke wurden auch schon von der Müdigkeit geschüttelt. Sie lehnten an jedem Pfeiler herum oder waren auf ihren Stühlen zusammengesunken. Nur ein Einziger kontrollierte weiter die Pkws. Da die ersten Fledermäuse ihre Bahnen zogen und nur ein einzelner Fink in dieser lauwarmen Frühlingsnacht ein paar Töne von sich gab, konnte die Mitternachtsstunde nicht mehr weit weg sein. Es war schon von Vorteil, dass der Wolf wie kein anderes Lebewesen an die Nachtbedingungen angepasst war. Jetzt aber Schluss mit all diesen Überlegungen. Jetzt hieß es handeln. Er schaute noch mal kurz in die Runde und es wurde ihm überall mit einem Nicken geantwortet. Jetzt los! Seine Pfoten drückten sich sprungartig vom Boden ab und verfielen in den Lauf. Kurze Zeit später hörte er Lukan hinter sich schnaufen. Da war der Nagelstreifen. Mit einem eleganten Sprung nahm er das Hindernis und spurtete weiter dem Ende der Brücke und der beleuchteten Dorfstraße entgegen. Ganz hinten, wo die Straße in der Dunkelheit verschwand begann der Kiefernwald, ihr Ziel das zum greifen nah schien. Jetzt mobilisierte er noch mal die letzten Kräfte, wobei seine Gedanken zu den Jungwölfen und ihrem Durchhaltevermögen abschweiften. Den Anstieg mussten sie noch schaffen. Es war auch höchste Zeit, denn durch die Bäume an der Straße suchten schon wieder ein paar Scheinwerfer ihren Weg.

61. Im alten Revier

Da war der erste Baum und er spürte den sanften nachgebenden Waldboden unter seinen Läufen. Links und rechts von ihm ließen sich die Anderen schwer atmend nieder.

62. Schlechte Nachrichten

Plötzlich hörte er aber ein schweres Schnaufen in seiner Nähe, dass ihm zwar bekannt, aber gleichsam total fremd vorkam. Lukan schien sich mit dem Fremdling, wegen dessen

Aufdringlichkeit, auch schon in die Wolle zu kriegen. Das wurde Czirpan nun aber doch zu bunt und er musste sich die Angelegenheit von Nahem betrachten, um einschreiten zu können. Er dachte, ihn trifft der Schlag. Der ominöse Fremdling war Brugan, den er mitTunja zurückgelassen hatte. Schnell hatte er Lukan beruhigt und bat Brugan zu erzählen, wie es ihm und besonders, Tunja ergangen war. Schon nach den ersten Sätzen war ihm, als würde man ihn in einen Kampf mit übermächtigen Titanen schicken. Sein Herz fing an zu rasen und das Atmen fiel schwer. Als sie sich im vorigen Winter getrennt hatten, war Raslan nur zum Schein nordwestlich gezogen. Kurz danach hatte er das alte Revier wieder bezogen und nur nördlich erweitert. Um sich mit Tunja absetzen zu können, waren sie und Brugan über die Straße ausgewichen, wo sie sich gerade befanden. Das hatte noch einen weiteren Grund. Da Raslan für das grenzenlos wachsende Rudel nicht im gleichen Maße Futterquellen erschließen konnte, war er entgegen seinen eigenen Grundprinzipien dazu übergegangen die Tiere der Bauern herdenweise anzugreifen. Die wiederum schauten nicht dabei zu, sondern jagten den Wolf, wie und wo immer sie seiner habhaft wurden. Selbst Tunja und Brugan in dem völlig anderen Revier hatten darunter zu leiden. Sie waren schon froh, dass Tunjas Wurf mit drei Jungen sehr klein ausgefallen war, aber selbst die wollten beständig ernährt werden. Als

170

die Rede auf Tunja und ihre Kleinen zu sprechen kam wurde Czirpan mit einem mal klar, in welchem Dilemma er steckte. In seinem Rudel hatte er mit Samara eine erfahrene Leitfähe einschließlich ihrer Nachkommen. Tunja mit ihren Sprösslingen passte in dieses Gefüge nicht hinein. Eine, ganz einfach zu ignorieren, würde keine der beiden Schwestern mit sich machen lassen. Er konnte auch Lukan nicht die Verantwortung für ein neues Rudel übertragen, denn der sollte ja seinen Vater ablösen. In dieser Problematik steckte die Lösung. Er konnte zwar seinen Vater ablösen, jedoch seine Mutter nicht zur Leitfähe machen. Ansonsten wäre das Rudel von vornherein wegen Blutschande dem Untergang geweiht gewesen. Nun hatte er beobachtet, dass Lukan schon öfters einen Blick hinter der durchaus attraktiven Tunja hergeworfen hatte. Daraus ließe sich doch durchaus mehr machen. Das war aber nicht seine Aufgabe, um nicht als Kuppler dazustehen. Er konnte nur Lukan in seinem Ansinnen bestärken. So schnell wollte er sich von Lukan nun auch wieder nicht trennen, denn wenn es zu einer Auseinandersetzung mit Raslan kommen sollte und davon musste er ausgehen, brauchte er einen erfahrenen Kämpen an seiner Seite.

63. Seitenwechsel

Mittlerweile war auch Czirpans Rudel stark
angewachsen. Deshalb gefiel ihm seine Lage,
eingequetscht in der Neißeaue überhaupt nicht.
Dazu kamen die bis auf ein paar sporadische
Wildschweinrotten, fehlenden Wildwechsel.
Bei jedem Rehbock überlegte er schon, ihn für
schlechte Zeiten aufzusparen. Jetzt, da die
Zeiten nicht viel schlechter werden konnten,
blieb ihm nur eine Lösung. Die bestand darin,
die Straße in westlicher Richtung zu überqueren
und es damit zur offenen Konfrontation mit
Raslan kommen zu lassen. Also rief er sein
Rudel zusammen, um mit ihnen das weitere
Vorgehen zu besprechen. Er bat sie alle, egal
wie es kommen sollte, zusammenzuhalten und
zu ihm und Samara zu stehen. Lukan bat er, im
Falle des Falles mit Tunja und den sieben
Halbwüchsigen zu seinem Vater
zurückzukehren und für sie eine gesicherte
Zukunft aufzubauen. Nun waren der Worte
genug gewechselt. Unter den üblichen
Sicherheitsbedingungen wechselte das Rudel
westwärts über die Straße. Kaum angekommen,
hatten sie schon Kontakt mit Raslans
Reviersicherung. Nach ein, zwei
Kraftandeutungen waren die auch schnell in die
Flucht geschlagen, um einem wesentlich
stärkeren Riegel Platz zu machen. Czirpan
wollte an dieser Stelle jedoch seine Kräfte noch
nicht mit Plänkeleien aufreiben lassen. Deshalb

172

übernahm er die Initiative und verlangte Raslan persönlich zu sprechen. Dieser zierte sich zwar zuerst, versprach dann aber schnellstmöglich zu kommen. Czirpan hatte schon fast nicht mehr daran geglaubt, als Raslan auf leisen Sohlen mit einem seiner unterwürfigen Diener auftauchte und sich in siegessicherer Pose vor ihm aufbaute. „Was wagst du Zwerg dir mich rufen zu lassen? Ich hoffe du hast eine plausible Erklärung dafür." Soviel Maßlosigkeit verschlug sogar Czirpan für den Moment die Sprache. Genau so schnell hatte er sich aber auch wieder gefangen und antwortete ihm: "Laß uns kein großes Palaver machen und gleich zum Kern kommen. Für uns Beide ist hier kein Platz. Um einen dauerhaften Kleinkrieg zu führen, fehlt mir die Lust. Also lass uns die Sache wie Rüden klären. Morgen beim Sonnenaufgang an der bekannten Waldschneise. Der Dachs sei unser Richter. Der Unterlegene räumt innerhalb eines Tages, wenn er noch dazu in der Lage ist, das Feld. Lass dir Eines gesagt. Noch einmal werde ich dich nicht verschonen." Raslan machte einen durchaus beeindruckten Eindruck und stimmte ohne großes Nachdenken zu.

64. Des Kampfes zum Zweiten

Czirpan erschrak für den Moment selbst, worauf er sich da eingelassen hatte. Davon mal abgesehen, dass es durchaus die beste Methode war, aus dieser verzwickten Situation herauszukommen, hatte er durchaus gute Chancen als Sieger hervorzugehen. Da waren sein Alter, seine Kräfte und Erfahrungen. Mit diesen Überlegungen legte er sich beizeiten zur Ruhe, um am nächsten frühen Morgen topfit und ausgeruht zu sein. Samara würde ihm schon beizeiten auf die Läufe helfen. Genauso kam es dann auch. Nur mit ihr machte er sich dann auf den Weg zu der altbekannten Waldlichtung, wo ihn der Dachs und ein gutes Hundert anderer Waldtiere erwarteten. Die Nachricht von dem Kampf hatte sich natürlich in Windeseile herumgesprochen und so waren Viele aus eigenem Interesse gekommen. Viele hatten mit Raslan noch ihr ganz persönliches Hühnchen zu rupfen, aber auch für Czirpan gab es nicht nur Fans. Der Dachs hatte Alles unter Kontrolle und so schickte er schnell noch die allzu Neugierigen hinter die Markierungen aus Tannenzapfen zurück. Nun konnte es wirklich losgehen. Der Eichelhäher legte sich mit dem Dachs an und versuchte ein Schmerzensgeld für seine ausgerissenen Federn auszuhandeln. Der tat aber so, als würde er ihn ignorieren und im nächsten Augenblick hatte er ihm schon seine schönste Feder ausgerissen. Der Schrei fuhr Allen durch Mark und Knochen. Nur die beiden Rivalen, die darauf gewartet hatten, schossen wie gehabt aufeinander zu. Czirpan duckte sich wieder und Raslan fiel auf die Finte zum zweiten Mal herein. Auch alles Andere gestaltete sich wie beim ersten Kampf. Als Raslan sich geschlagen geben musste und Czirpan über ihm stand, erwarteten Alle, dass er ihm diesmal den Rest geben würde. Nun hatte Czirpan ja verlauten lassen, dass er Raslan diesmal nicht verschonen würde. Kurz überlegte er, was ihm mehr nutzen würde. Ein Raslan der mit seinem Rudel abzieht, oder ein auseinander gefallenes Rudel, das ohne Raslan gruppenweise, ohne Ziel und Ordnung herumirrte. Er schaute ganz kurz zu Samara hinüber und glaubte ein Kopfschütteln von ihr gesehen zu haben. Ganz ohne Demütigung sollte ihm Raslan diesmal aber nicht davonkommen. Also bis er ihm ein Ohr ab, als Zeichen, dass er sowieso nicht auf den Rat der erfahrenen Rudelmitglieder hörte. Schließlich erinnerte er ihn nochmals an die Abmachung, dass der Unterlegene auf Nimmerwiedersehen verschwinde. Dann ließ er den arg Gebeutelten unter dem Pfeifkonzert der Anwesenden mit eingezogener Rute schleichend den Rückzug antreten.

65. Das alte/neue Revier

Der Jubel unter seinen Getreuen kannte
natürlich kein Ende. Jetzt mussten sie aber an
Raslan dran bleiben und ihn so schnell wie
möglich zum Verschwinden zwingen. Raslans
Bande ließ sich natürlich alle Zeit der Welt.
Czirpan ließ ihnen aber keine Ruhe und
verfolgte sie, bis auch der Letzte die nördliche
Grenze ins Brandenburgische übertreten hatte.
Sein „Ruf der Wildnis" verkündete dann allen
Lebewesen, dass er das Revier mit seinem
Rudel endgültig in Besitz genommen hatte. Den
Rückweg von der Reviergrenze zum
Hauptlagerplatz wollte Czirpan gleich zur
Bestandsaufnahme des bejagbaren Wildes
nutzen.

66. Leere Jagdgründe

Deshalb führte ihn sein Weg von den
Rabenbergen zu den Unterwuchsbergen. Von
den Herden der Mufflons, Gruppen von Reh-
und Rotwild war nichts mehr auszumachen.
Wie er das feststellen musste, sträubten sich
ihm alle Haare. Das Raslan dermaßen
unüberlegt und radikal gewütet hatte, konnte er
sich bis dahin nicht vorstellen. Jetzt aber sah er
den Scherbenhaufen, den es zu kitten galt. Als
Erstes legte er im Revier ein totales Jagdverbot
fest, um den Beutetieren die Möglichkeit der

Neuformierung und Regeneration zu geben.
Das Fleisch, was sie zum Überleben brauchten
mussten sie aus der Region hinter der
nördlichen und westlichen Grenze
herbeischaffen und verstärkt auf Kaninchen-
und Hasenjagd gehen. Czirpan war bei diesem
Gedanken gar nicht wohl, denn er wusste, dass
es Gebiete waren in denen bereits Raslan
gewütet hatte. So forderte er sein Rudel
nochmals zu äußerster Vorsicht auf, um jede
Konfrontation mit den Menschen zu
verhindern. Südlich hatten sie noch Glück und
konnten einige Stück Mufflons und Rehe
reißen. Das half zwar für den Moment, konnte
die Gesamtsituation aber nicht wesentlich
verbessern.

67. Not und Angst

Immermehr hatte er es mit vor Hunger
knurrenden, insbesondere Jungwölfen, zu tun,
die dann aus lauter Verzweiflung loszogen um
ihr Glück zu finden. Gerade von ihnen ging
aber die Gefahr unbewussten katastrophalen
Handelns aus. Also bat er Samara und Lukan
mit ihm an der Reviergrenze zu patrouillieren,
um wenigstens das Schlimmste, wie immer es
aussehen möge, zu verhindern. Das gab ihnen
nebenbei auch die Möglichkeit, etwas gegen
den eigenen Hunger zu tun. An der nördlichen
Reviergrenze verbesserte sich die Lage ein

wenig, da viele Tiere den nach Norden
ziehenden Raslan umgehen und nach hinten
fliehen konnten.

68. Den Tod vor Augen

Doch noch eine Gefahr kam vom Norden.
Raslan hatte viele Orte gestreift und in Angst
und Schrecken versetzt. Diese wollten sich das
nicht mehr länger mit anschauen und
organisierten große Treibjagden. Von Norden
kommend und Raslans Rudel vor sich
hertreibend, würden sie auch Czirpans Rudel
aufs Korn nehmen. Czirpan nahm Samara,
Tunja und Lukan beiseite und erläuterte ihnen
seinen Plan. Sie sollten mit dem Rudel nach
Osten ausweichen. Er selbst würde die Jäger
ablenken und nach Westen locken. Als der Plan
langsam im Rudel durchsickerte, war die
Aufregung natürlich riesengroß. Besonders die
Jungwölfe scharten sich eng an Samara und
Tunja. Es war schon am späten Nachmittag, als
die ersten Schüsse zu hören waren. Samara und
die Anderen warteten nicht länger und traten
wie abgesprochen den Rückzug an. Als Czirpan
davon lief, fragten sich Alle wie er wohl die
Jäger ablenken wollte. Dass er dazu in der Lage
war, daran zweifelte Niemand. Am Waldesrand
angekommen, machten sie eine kurze Pause
und schauten noch mal zurück auf die große
Fläche ihres ehemaligen Reviers. Im feuerroten

Ball der untergehenden Sonne zeichnete sich auf einem Hügel die Kontur eines aufrecht sitzenden Wolfes mit erhobenem Kopf ab und für Alle weithin hörbar erklang zum Mut machen und zur Warnung

Der Ruf der Wildnis

69. Die Lehre

Alle waren natürlich sehr aufgeregt und Samara hatte ihnen viel zu erklären. Eines legte sie ihnen besonders ans Herz. Aufrichtig, gütig, kühn, besonnen und kameradschaftlich durch das Leben zu gehen. Nur dann wird es ihnen gelingen eines Tages aus dem tiefsten Inneren heraus und mit viel Stolz den „Ruf der Wildnis" weiter zu tragen. Eines sollten sie alle begreifen. Czirpan hat sich geopfert, damit sie leben. Eines Tages wird er, in welcher Form auch immer, vor ihnen stehen und wieder seinen Platz im Rudel übernehmen. Dann wird ein Jeder Rechenschaft ablegen müssen, ob er seinen Namen zu Recht getragen hat. Eines würde Jedem aber in Erinnerung bleiben. Das Bild des Wolfes im Sonnenball hatte Alle dermaßen beeindruckt, dass sie sich stark genug fühlten, um in Zukunft Wunder zu vollbringen.

70. Das Leben geht weiter

Lukan und Samara schickten sich an, mit Samaras Jungen in Lukans Heimatrevier abzuwandern. Die jungen Rüden würden in absehbarer Zeit sowieso ihr Leben als ausgestoßene Einzelgänger fristen müssen. Brugan beabsichtigte mit seiner Tante Tunja und deren Nachwuchs, wie bisher am Ort zu verweilen. So waren alle Voraussetzungen zur Auflösung des Rudels im allseitigen Interesse gegeben und es zog wieder die alltägliche Gelassenheit und Ruhe ein, auch wenn des Öfteren einer zur Jagd ging um seinen eigenen Hunger zu besänftigen.

Stammbaum „Vom Ruf der Wildnis"

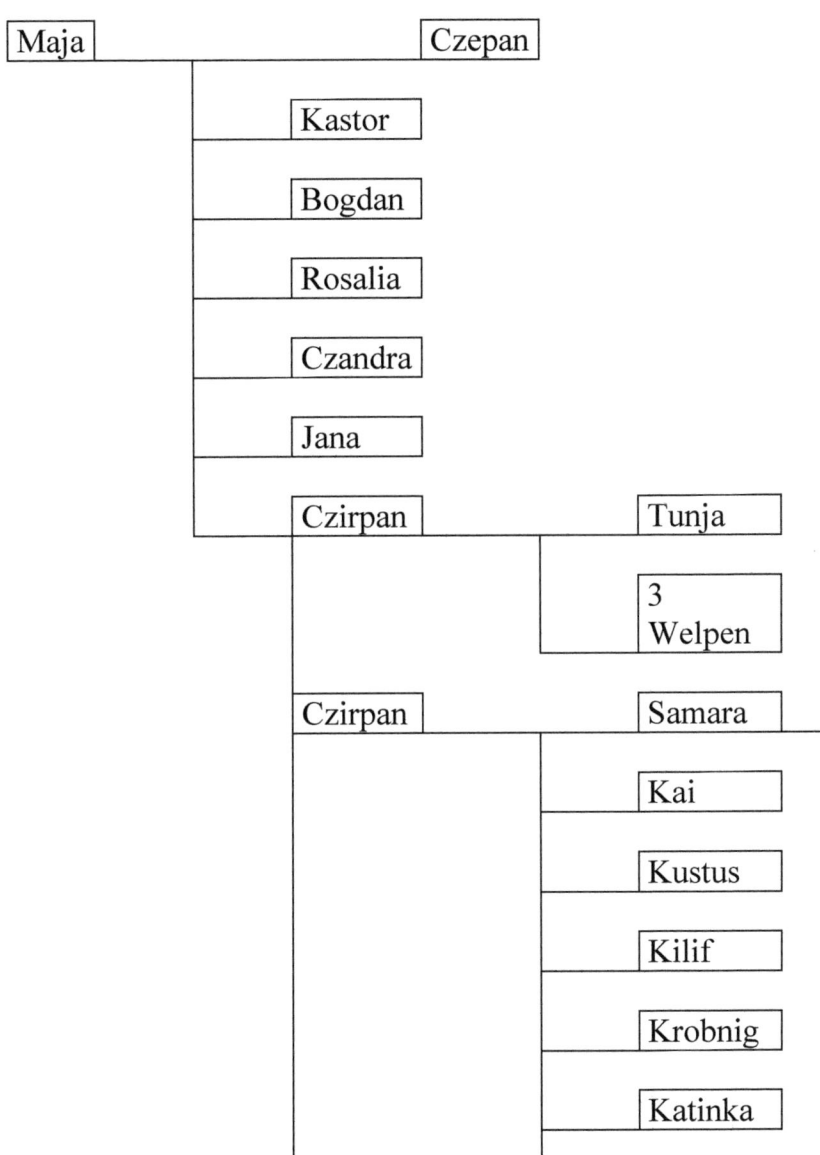

Maja — Czepan

- Kastor
- Bogdan
- Rosalia
- Czandra
- Jana
- Czirpan — Tunja
  - 3 Welpen
- Czirpan — Samara
  - Kai
  - Kustus
  - Kilif
  - Krobnig
  - Katinka

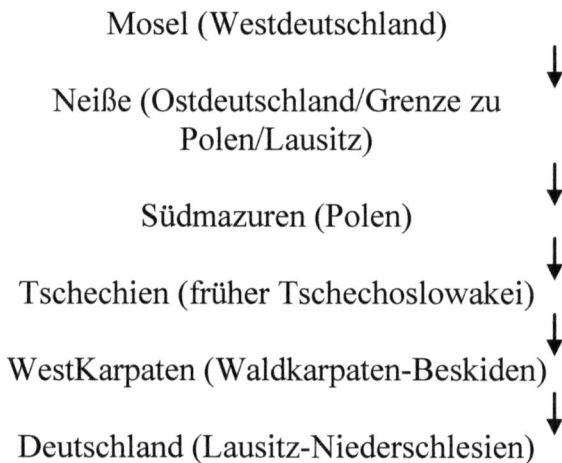

	Kavka
Czirpan	Klavka
	4 Welpen

Czirpans Weg

Mosel (Westdeutschland)

Neiße (Ostdeutschland/Grenze zu Polen/Lausitz)

Südmazuren (Polen)

Tschechien (früher Tschechoslowakei)

WestKarpaten (Waldkarpaten-Beskiden)

Deutschland (Lausitz-Niederschlesien)

Der Wolf

Der Wolf galt in Europa und speziell in Deutschland seit Jahrzehnten als ausgestorben (ausgerottet). Jetzt teilt er das Schicksal vieler anderer Tierarten, die bei der Wiedereinbürgerung in ihre angestammten Reviere mit der Zivilisation des Menschen in Konflikt geraten. In den meisten Fällen ist es auf die Nahrungsgrundlagen rurückzuführen, da sie auf Grund mangelnder Vielfalt und Anzahl des Öfteren Haustiere des Menschen einbeziehen. Neben dem Wolf sind das Braunbär, Luchs und Wildkatzen. In den Wäldern und Heidelandschaften der niederschlesischen Oberlausitz und Brandenburgs haben sich inzwischen 4 Wolfsrudel mit mehreren Jungtieren sesshaft gemacht. Nach einer großen Anzahl von Übergriffen auf Haustiere, deren Schäden durch den Freistaat Sachsen reguliert wurden, beginnt auch hier die Suche nach alternativen Methoden zum Abschuss. Alte Kenntnisse und Erfahrungen, führen dazu, dass die Schafzucht wieder durch Hirten mit entsprechenden Hunden geschieht und die Haltung in Gattern nur die Ausnahme bildet. Besonders verdient haben sich dabei einige Enthusiasten gemacht, die trotz vieler Rückschläge, immer wieder versuchen zwischen Wolf und Mensch zu vermitteln. Sie mussten aber immer wieder feststellen, dass auch das in der heutigen Gesellschaft eine Frage des Geldes ist. Dabei hilft es nicht, wenn es um die Vielfalt der Lebewesen auf unserem Planeten geht, einfach auf Afrika, oder Südamerika zu zeigen. Wenn wir uns beschweren, dass fremdartige eingeschleppte Lebewesen überhandnehmen, wäre es nicht sinnvoll auch ihren sonst natürlichen Feinden, wie, wie für den Waschbären der Wolf, eine Chance zu Geben.

Klasse: Mammalia (Säugetiere)
Ordnung: Carnivora(Fleischfresser)
Familie: Canidae(Hunde, Wölfe, Kojoten und Schakale)
Art: Canis lupus
Verbreitung: Eigentlich nur noch im Norden Nordamerikas und in Asien, Restbestände in Europa, Mexiko und Skandinavien
Lebensraum: gemäßigtes Grasland, Laubwald, Nadelwald, Arktis und Tundra
Maße und Gewicht:
-Körperlänge-bis120cm
-Gewicht(Männchen)bis 40kg
Fortpflanzung: Die Paarungszeit der Wölfe sind die Monate Januar und Februar. Obwohl wissenschaftlich nicht ganz geklärt, geht man heute davon aus, dass die Fortpflanzung sich auf das Leitpaar eines Rudels, die so genannten Alpha-Wölfe beschränkt. Nach einer Tragzeit von 60-63 Tagen bringt das weibliche Alpha-Tier meist zwischen 4 und 6 Welpen zur Welt. Ein Wurf kann aber durchaus auch bis zu 14 Welpen umfassen. Die Jungen sind bei der Geburt blind und wiegen im durchschnitt etwa 500g. Nach etwa 2 Wochen öffnen die Welpen ihre Augen und nach rund 3 Wochen verlassen sie zum ersten Mal ihre Höhle.

Wölfe leben in Rudeln von fünf bis fünfzehn Tieren, die in der Regel von einem Weibchen angeführt werden. Innerhalb des Rudels gelten sehr strenge hierarchische Strukturen. Rüden werden in der Regel spätestens im 3. Lebensjahr aus dem Rudel verbissen und sind dann als Einzelgänger unterwegs. An der Jagd nach Nahrung ist das gesamte Rudel beteiligt. Zu den Hauptbeutetieren der Wölfe gehören Elche, Hirsche, Bisons und Dickhornschafe. Wenn es kein Großwild zu jagen gibt, begnügen sich Wölfe aber auch mit Kleintieren wie Biber, Hasen und Eichhörnchen. Leider reißen Wölfe auch immer wieder Nutztiere wie Schafe, Kühe, oder Ziegen, wodurch seine Wiedereinbürgerung immer wieder auf starke Ablehnung stößt. Zwar können Wölfe eine Spitzengeschwindigkeit von bis zu 65km/h erreichen, lassen aber bei der Verfolgung ihrer Beute meist bereits nach rund einem Kilometer von der weiteren Verfolgung ab.

Wölfe bellen nur selten so wie unsere Hunde. Nur in Extremsituationen zur Warnung oder zur Verteidigung bellt ein Wolf. Stattdessen heulen die Tiere anhaltend. Dieses Heulen hat allerdings nicht die gleiche Funktion wie das Bellen bei Hunden! Das berüchtigte" Wolfsgeheul dient sowohl als Rufzeichen vor und nach der Jagd, als auch als Alarmzeichen oder Kontaktruf. Häufig scheinen Wölfe aber auch ohne erkennbaren Grund zu heulen. Das Wölfe ihrem schlechten Ruf als „böse Bestie" nicht so ganz gerecht werden, zeigt wohl, dass es keinen glaubhaft dokumentierten Fall von einem Angriff eines Wolfes auf einen Menschen gibt. Der Grauwolf wird von der Wissenschaft in verschiedene Unterarten eingeteilt. Diese Unterarten unterscheiden sich durch Abweichungen in Größe, Fellfarbe, oder Körperbau, zählen aber alle zum Grauwolf. Tundrawolf(Canis lupus albus)-lebt in der Tundra von Finnland bisKamtschatka.Wolf mit langem, hellem Fell

 Gemeiner Wolf (Canis lupus lupus)- Unser heimischer Wolf. Er lebte einstmals in ganz Europa, bis in die Wälder Rußlands.Mittelgroßes Tier mit rauhem, dunklem Fell, leider nur

Noch in geringen Restbeständen
Steppenwolf- (Canis lupus campestris)-Dieser eher kleine Wolf ist in den Wüsten und Steppen Zentralasiens beheimatet. Er besitzt ein grobes, kurzes Fell

Von brauner Farbe
Pallipes Wolf (Canis lupus pallipes) -Diese Wolfsart ist im Gebiet von Iran bisIndien verbreitet.
Vancouver Island Wolf (Canis lupus crassodon)- Ein grauschwarz gefärbter Wolf von mittlerer Größe

BritischColumbian Wolf (Conis lupus columbianus)-Eine der größten Wolfsarten

Die grau bis schwarzen Tiere

Werden bis zu 65kg schwer.

Ihr Lebensraum ist

Kolumbien in Kanada.
Vancouverwolf (Canis lupus crassodon)-Ein grauschwarz gefärbter Wolf vonmittlerer Größe.
Keine dt. Bez. ((Canis lupus hattai)-Einst lebte dieser Wolf auf der japanischen Insel Hokkaido. Diese Unterart ist mit hoher Wahrscheinlichkeit ausgestorben.

Mexikanischer Wolf (Canis lupus baileyi) -der kleinste nordamerikanische Wolf
  lebt in der Sierra Madre und Umgebung
  Neufundland Wolf (Canis lupus beothucus) - Ausgestorben. Eine weiße Wolfsart von mittlerer Größe
Tibetanischer Wolf (Canis lupus laniger)-Ein Wolf mittlerer Größe mit langem Fell. Er lebt in Zentralchina, der
  Manchurai, der Mongolei, Tibet und
  im südwestlichen Rußland

Banks Island Wolf (Canis lupus bernardi) -Eine Wolfsart, die in den Gebieten von Banks Island lebt nordwestlichen

Tundra Wolf -großes Tier mit weißem Fell, welches auf dem Rücken schwarze Spitzen hat.

Äthiopischer Wolf Rotes Fell wie ein Fuchs, Größe und Gestalt wie ein Kojote –nur noch wenige Tiere im äthiopischen Hochland (am stärksten vom Aussterben bedrohte Art der hundeartigen Tiere)

„Czirpan vom Ruf der Freiheit"

I.   Der Weg zurück
II.   Der Herr der Karpaten
III. Und doch ein Hund